엄마,
나는 오늘도 삽니다

엄마,

나는 오늘도
삽니다

그
동
안
애
썼
어
.

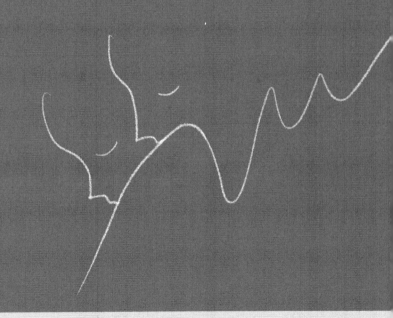

키효북스

마주한 장면 뒤에 오는 것들

　　우리의 첫 만남을 기억합니다. 올해 겨울은 유난히도 눈이 잦았지요. 그날도 그랬어요. 아침부터 하얀 눈이 펑펑 차분하게 도시를 덮었습니다. 소복이 쌓인 눈 덕분일까요. 긴장감보다는 한결 편안한 분위기에서 우리의 이야기가 시작되었습니다. 조심스럽게 꺼내든 이야기들은 '엄마'라는 한 단어 앞에 멈췄습니다. 각자 다른 삶을 달려온 네 사람이었는데 신기하게 같은 장면을 바라보고 있었어요.

　　'엄마'라는 말은 참 신기합니다. 소리 내어 입 밖으로 꺼내면 툭 하고 터질 것 같고, 반대로 꾹 삼켜버리면 뭉툭한 마음 끝이 저릿해지니까요. 숨겨도 보고 열심히 외면 해봐도 결국 돌고 돌아 마주하는 순간이 찾아옵니다. 「엄마, 그래도 오늘을 삽니다」 책은 그러한 순간들을 용기 있게 그려냈습니다. 누군가는 부재의 상실에 눈물 짓기도 했고, 다른 이는 상처를 돌보며 스스로를 안아주었어요. 또 진정한 사랑의 의미를 다시 깨닫기도 하고, 잊고 지냈던 감사함에 미소 지었습니다. 엄마로 시작된 이야기가 단단해진 나를 그려낼 줄 누가 알았을까요.

어려운 장면을 붙잡기로 결심한 네 명의 작가님들에게 감사 인사를 전합니다. 쌓였던 눈이 녹고 꽃망울이 피어나는 것처럼, 마주한 장면 뒤엔 봄이 기다리고 있을 거예요.

꽃피는 내일을 응원하며
김한솔이 작가

차 례

박희진

 13년 전 언론사 인턴으로 밥벌이를 시작해 기사문을 쓰는 것으로 글쓰기를 처음 배웠고 신문사 칼럼니스트로 전향하면서 내 시선에 담긴 생각들을 써왔다. 대학에서 12년간 문화재를 공부했고 문화재 연구가로서, 문화계 이슈를 노출하고 비평하는 글들을 써왔다. 소통하는 큐레이터로 알려졌지만, 결혼과 임신, 출산, 육아를 경험하면서 40개월 아이와 매일매일 실랑이를 벌이며 마흔을 맞이하는 워킹맘이다.

 육퇴 후 와인 한 잔으로 내 인생 다시 찾기를 굴뚝같이 바라는 마음인데, 하루아침에 마흔을 맞이하려니 조금 억울한 생각이 들어 마흔이 되기 전에, 꼭 한번 해보고 싶었던 내 마음을 담은 글을 써보기로 했다. 10년 동안 마음속 깊이에 묻어두고 산 우리 엄마의 이야기를 끄집어내면서 아주 솔직하고 훈훈한 마흔의 불혹(不惑)을 맞이하려 한다.

마흔에,　　　내
　　　　　　　려
　　　　　　　놓
　　　　　　　기

불혹(不惑)을 맞이하는 자세

"Happy New Year!"

40개월 된 딸아이가 달콤한 초콜릿케이크 위에 이글이글 타오르는 촛불을 보고 마냥 신이 났다. 내 손에 반도 안 되는 작디작은 5개 손가락을 날개 펴듯 활짝 펴며 새해에 5살이 되었다고 어깨에 한껏 힘을 준다. 하룻밤 자고 일어나면 엄마처럼 다 큰 어른이 되어 있을 거라는 딸아이의 마법 같은 속삭임이 눈 깜짝할 사이 내 인생의 불혹(不惑)으로 찾아왔다.

계란 한 판 시절이 엊그제 같았는데 내가 벌써 불혹(不惑)이라니…. 내게 곧 다가올 '불혹'이라는 순간을 나는 어떻게 받아들여야 할까. 마흔을 앞둔 내 마음은 새해맞이 촛불 끄트머리에 찹찹한 어둠으로 내려앉았다.

공자께서 '불혹'을 말씀하시기를 "열다섯에 학문에 뜻을 두었고, 서른에 학문의 기초를 다졌으며, 마흔이 되어 사리를 분명히 알고 제대로 행동하는 '불혹'이었다"는데, 나는 어떠한가. 유예기간이 남긴 했지는 나도 곧 불혹(不惑)이다. 공자께서 가고자 하는 길에 뜻을 뒀던 10대에 나를 기억한다. 너무도 평범했던 그때 그 시절, 학업에 관심이 크지 않았고 요란스레 놀지도 않았으며 고만고만한 친구들과 조용조용 놀다가 부모님의 간절함 때문인지 다행스레 관심거리가 생겨 대학에 진학했었다. 스무 살이 되어서야 세상에 관심을 두게 되었고 세상을 알아가는데 바빴으며 내 부모로부터 조금이라도 자랑스러운 딸이 되기 위해 고군분투했었다.

서른이 되면 뭐라도 되어 있을 줄 알았다. 스물여덟, 갑작스러운 엄마의 죽음으로 내 몸과 마음은 두 동강이 났고 그렇게 맞이한 내 인생의 서른은 엄마의 실체를 잊으려는 노력으로 살아낼 수 있었던 시간이었다. 마음에도 없는 직장생활에 표창까지 받으며 몸과 마음을 다했던 것은 엄마의 빈자리를 보고 싶지 않아 밤낮으로 일에 매진한 공이 컸고, 공자님께서는 뜻을 이루고자 학업의 기초를 다지셨다지만 나는 내 곁에 부재한 엄마의 현실을 바로 보지 않기 위해 팔자에도 없는 박사 공부를 했다.

당장 나를 두고 엄마가 먼 여행을 간 것처럼 그냥 그 빈자리를 바라보지 않는 것이 최선이라 생각했기에 모든 것을 기억하면서도 글로든 말로든 생각으로든 그 기억을 풀어내지 않으려 했다. '불혹'을 코앞에 둔 내 삶은 착잡한 어둠이 내려앉은 가느다란 촛불처럼 여전히 흔들린다. 이만하면 성공한 삶이라고 스스로를 위로하지만 나는 여전히 헛헛하다. 그 오랜 헛헛함은 찬 바람이 불어오는 겨울이 되면 더 시리게 몰아친다.

스무 살의 겨울보다 서른의 겨울이 더 추운 건, 세월의 속도가 빨라진 것도 있지만 하루하루 최선을 다해 살아온 나를 따뜻하게 감싸 안아 줄 온기 한 점 없어서일 것이다. 마흔이 되도록 내 마음에서 풀어내지 못하는 두 동강 난 엄마의 기억을 이제는 용기 내 끄집어내려한다. 세상의 시간을 잘 버텨내어 마흔을 맞이하는 내가 나의 온기를 잃지 않기 위해서 엄마의 침묵에 귀 기울이고, 엄마가 간직했을 꿈 꾸던 노년을 함께 그려보며 그 온기로 마음 깊이에서부터 밀려오는 그리움에 애릴 찬 바람을 뜨거운 애도로 감싸 안으려 한다.

아주 느리게-, 아주 천천히-, 그렇게 엄마의 빈자리에 갇혀 살던 내가 어둠의 긴 터널에서 사랑하는 사람들의 손을 붙잡고 한 발 한 발 문밖 세상을 둘러보며 삶을 바라보기 시작했다. 한 해 한 해 나의 정체성을 자각하며 살아생전 살갑게 받들지 못한 엄마에게 뒤늦게나마 글로써 마음을 전하고 싶었다. 엄마를 너무 빨리 보내 미안하다고, 엄마의 삶에 더 많은 추억을 남겨줬어야 했다고 몇 장 남아있지 않은 엄마의 사진들을 꺼내 보며 불혹을 앞둔 딸의 마음에는 상실감 말고도 또 다른 생채기가 남는다. 그래서 나는 글을 쓰기로 했다. 13년간 참 다양한 글들을 써온 내가 글의 본래 주인인 나의 이야기를 여태 풀어내지 못했다니, 이런 불행이 또 어딨겠는가. 내 머릿속에 엄마와의 추억으로 떠오르는 기억의 점들을 선으로 연결해서 이제는 내 삶의 화살표 방향이 맞는지 봐야 할 때가 되었다.

마흔을 앞둔 나는 꽤 성숙하고 담담한 척하고 살지만 변화하는 세상의 관계 속에서 유독 약해질 때가 많다. 엄마를 너무 일찍 보내야 했던 죄책감과 상실감이 내 삶에 오랜 시간 자리 잡아 더 큰 환부를 남기고 내 마음을 병들게 했다. 때로는 분노하고 저항하면서 새로운 변화와 도전을 방해하기도 하고 본래의 나를 잃어가며 병들 뿐만 아니라 나와 관계하는 사람들에게도 상처를 주고 있었다.

인생의 절반을 살아온 마흔을 앞둔 불혹에서 내 본성대로, 내 의지대로 단단하게 살아가기 위해서 나를 고통스럽게 했던 엄마의 부재와 결핍, 엄마의 죽음 이후의 일상과 변화를 글로 풀어내며 꼭꼭 숨겨둔 마음을 고백

한다. 이 원고를 모두 쓰고 나면 나의 '불혹'을 좀 더 즐길 수 있길 기대한다.

"때로는 엄마가 '영웅'처럼 생각될 때도 있었다. 죽음과 고통 앞에서 삶을 위해 분투하고 버텨내는 존재야말로 영웅이 아니고 무엇이겠는가. 엄마를 통해 나는 병원에서 '죽어가는' 시간조차도 귀중하고 값진 인생의 일부라는 사실을 깨닫게 되었다"

– 박희병의 〈엄마의 마지막 말들〉 중에서

엄마가 죽었다

2009년 8월 12일,

산소호흡기에 의지해 마지막 숨을 깊이 몰아쉬던 그 순간에 엄마는 내 손을 꼭 잡아줬다. 초점 없이 반쯤 감겨있는 엄마의 힘없이 흔들리는 눈빛과 간신히 눈을 맞췄다. 마지막 남은 온 힘을 짜내어 엄마는 그렇게 나를 어루만지고 있었다. 거칠고 푸석했지만, 그 따뜻한 온기는 말로 다 하지 못한 엄마의 유언과도 같았다. 그렇게 엄마가 세상을 떠났다.

영안실에서 마주한 엄마는 익숙한 나의 엄마였다. 그냥 안색이 좋지 않아 보였던 엊그제 엄마의 모습 그대로였다. "밥은 먹었냐" "일찍 좀 다녀라" "잠 안 자고 뭐 하냐" 지긋지긋한 잔소리와 함께 늘 부산스럽던 엄마는 더는 기적이 없었다. 아무것도 말하지 않는–, 아무것도 들을 수 없는–, 그곳에 엄마는 검고 딱딱하게 굳어 육신만 덩그러니 있었다.

　사람은 익숙해지는 것에 대해 안주하고 감사하며 산다. 사람마다 반응은 다르겠지만 익숙함에 잊혀가는 긴장감을 놓칠 때가 있다. '이 또한 지나가겠지' 하고 익숙함에 속아 잃어버리는 것들이 있다. 그 소중함을 잃고 나면 익숙해진다는 것이 잔인하다는 것을 새삼 느끼게 된다. 익숙함에 넋을 놓고 살던 나는 그렇게 하루아침에 엄마를 잃었다.

　그날 아침에도 시들한 엄마가 익숙했다. 거실 한복판에 이불 깔고 머리 싸매고 누운 엄마의 익숙함을 못 본 척 넘어가기엔 일말의 양심이 남아 있었다. 진심을 벗어나 귀가 닳도록 듣던 아프단 소리에 매우 형식적인 안부를 허공에 물었다.

"엄마 또 어디 아파?"
"머리가 너무 아파"

멍청하기 짝이 없었던 나는 엄마의 죽음 아래 깔린 수많은 복선을 알아차리지 못했다. 엄마가 쓰러지던 날 아침도 그랬다. 식구들이 하나둘 제 할 일 하러 집 밖을 나가면 엄마의 아픈 머리도 씻은 듯 났으리라 생각했다. 골치 아픈 두 딸이 눈앞에 안 보이면 안락한 집에서 엄마도 엄마의 의지대로 일상을 찾겠지 싶어 나라도 빨리 눈앞에서 사라져주자는 심상이었다. 지독히 후회스럽게도, 그것이 엄마와의 마지막 대화가 될 줄 몰랐다.

여느 일상과 다르지 않은 하루였다. 야근하지 않아도 되는 순조로운 일상이었고 모처럼 6시 칼퇴근이 가능했던 기대 이상의 하루였다. 그때까지만 해도 내 하루는 편안했다. 그 고요함은 퇴근 후 집의 현관문을 여는 순간 산산조각이 났다. '집이 왜 이래?' 현관문은 열려 있었다. 순간 본능적으로 느낄 수 있었다. '무슨 일이 생겼구나' 마침 전화벨이 울렸다. 아빠였다. '뭔가 잘못됐구나' 요동치는 심장과 떨리는 손, 전화를 받을 용기가 사라질까 무서웠다. 수화기 너머에서 잠깐 침묵이 감돌았다. 들리는 아빠의 목소리는 내게 단 한 번도 보인 적 없던 두려움이었다. 떨림과 두려움을 억누른 침착한 목소리, 강인하고 단단하던 아빠의 낯선 불안이 온전히 내게 전해지는 듯했다.

　　"아빠 어딘데? 엄마는?"

　　본능적으로 직감한 것들을 외면하고 불안한 예감을 애써 부정했다. 사람도 없는 집에 현관문이 환하게 열려있고 화장실 바닥 여기저기 대변이 묻어있고 토사물 자국이 남아있었다. 있어야 할 엄마가 보이지 않고 이 시간에 전화할 사람이 아닌 아빠가 전화를 걸었다는 사실을 전제로 당장 일어날 수 있는 최악의 일들을 예상하면서도, 그냥 어디 한 군데 부러졌거나 조금 다쳤기를 바라는 마음이 간절했다. 아빠를 통해 부정하고 싶은 잔인한 현실을 되물었다.

　　"병원이야. 엄마가 쓰러졌어…, 조심히 여기로 와라"

　　무슨 정신으로 병원 중환자실까지 달려갔는지 기

억조차 없다. 다리에 힘이 없어 주저앉았고 손발이 떨려서 운전할 수가 없었다. 눈물이 앞을 가려 앞 차와의 거리를 가늠할 수 없었다. 하마터면 앞차를 제대로 박을 뻔했다. 다리에 힘이 풀려 엑셀을 밟고 있는지 브레이크를 밟고 있는지조차 분간이 가지 않았다. 마음은 급한데 자동차 속도 계기판 숫자가 눈에 들어오지도 않았다. 몇 번이나 사고가 날 뻔했다. 숨 막히게 일사불란했던 나는 엄마가 생사의 갈림길에 있던 밤샘 수술 시간 내내 그렇게 넋을 놓고 있었다.

어떤 믿음이었는지는 모르겠지만 엄마는 우릴 떠나지 않을 거라고 굳게 믿었다. 중환자실 앞에서 밤낮으로 앉아 기도하면 하나님도, 부처님도 그 간절함에 누구 하나는 응답하시리라 믿었다.

헐렁한 수술복 주머니에 손을 넣고 거만스레 슬리퍼를 찍찍 끌고 나온 주치의가 반 미쳐있던 가족들에게 엄마의 상태를 설명했다. 머리 중앙 부분에 혈관이 터져 위험한 상태였다고 했다. 화장실에서 쓰러지셨고, 화장실 바닥에 머리를 부딪히셨지만, 뇌진탕이라는 이야기는 없었다. 다만 신속히 응급처치가 잘되어 다행히도 빨리 처치할 수 있었다고 전했다. 내일이나 내일모레는 일반병동으로 옮기실 수 있지 않을까 싶다며, 엄마의 회생을 호언장담했다.

"그래, 그럼… 그럴 줄 알았어. 엄마가 어떻게 우리를 두고 쉽게 가. 그럴 사람이 아니야."

익숙하지 않은 것들에 대한 불편함과 당혹스러움, 불안감 등의 미묘한 감정들을 스쳐 보낼 수 있다는 희망에서 안도의 한숨을 내쉬었다. 깊이 내쉰 한숨은 엄마의 무사함만을 안도하는 것은 아니었다. 엄마의 부재가 두려웠던 각자의 삶에 대한 고민을 내려놓는 순간이었다.

우리 가족은 그사이 꽤 친해졌다. 누구 하나 잘못될까 봐서 전전긍긍 엄마의 부재를 빈틈없이 채워보려고 서로를 알뜰살뜰 챙겼다. 엄마를 일반병동으로 옮길 준비를 하며 필요한 물품들을 사러 나섰다. 신이 났었다. 잔병치레 많이 한 사람이 골골거려도 장수한다는 우스갯소리도 해가며 얼마 만에 웃음 띤 얼굴이었는지 모른다. '엄마'가 살아났다는 말 한마디에 침묵과 어색함을 깨고 우리 가족이 하나 되는 시간이었다.

그것도 잠시, 죽음의 문턱에서 엄마를 돕는 신은 없었다. 거만히 하늘을 찌르던 주치의의 호언장담은 얼마 가지 못해 고개를 숙인 채 임종을 준비하라는 말로 바뀌었다. 사인은 느닷없는 패혈증이라고 했다. 나는 그렇게 어이없이 엄마를 중환자실에서 일반병동의 입원실이 아닌 지하의 차디찬 영안실 침대에 눕혀야 했다.

53세. 이선례 씨. 내게 너무 이른 작별이었다.

"굳이 상대가 말하지 않아도 통하는 사이. 참 지랄맞게도 서로가 서로에게 속에 있는 것을 퍼부을 때 묵묵히 들어줄 수 있는 사이. 세상에서 가장 이해가 가지만 또 한편으로 이 세상 가장 이해가 안 되는 사이. 그래서 어느 때엔 더 애달파져 무던하고도 무심함으로 만들어낸 위로가 더 짠하고 진하게 느껴지는 그런 사이."

– 장해주의 〈엄마도 엄마를 사랑했으면 좋겠어〉에서

다음 생이 없었으면

　생전 아름다운 줄 몰랐다.

　엄마가 죽고 나서 제일 먼저 기억에서 되살려낸 엄마의 얼굴은 전성기 시절의 아름다움이었다. 참 곱고 예쁜 엄마였다. 나는 우리 엄마가 늙지도 않는 줄 알았을만큼 예뻤다. 내가 초등학생일 때 자주 아파서 학교에날 데리러 엄마가 오는 날이 종종 있었다. 아파도 우리엄마가 예쁜 줄은 알았다. 친구들에게 엄마를 자랑하고싶었던 마음이 굴뚝 같았다.

　엄마는 아빠를 만나 언니와 나를 낳았지만, 마냥 행복했던 삶은 아니었다. 부유한 집안에서 태어나 오빠 셋을 둔 막내딸로 곱게 살았던 우리 엄마는 시집을 와서부터 쉽지 않은 삶을 살게 되었다. 일에만 빠져사는 아빠를 시작으로 요란한 사춘기를 보낸 두 딸, 말 많고 탓 많은 고모 셋까지 살아생전 엄마는 하루도 마음 편할 날이 없었다. 할머니는 거동을 못 하고 누워계셨다. 엄마는 몇 년을 누워 계시는 동안 시어머니의 오줌똥을 다 받아내셨다. 자식들도 하지 않는 일을 며느리인 엄마가 하셨다. 나는 우리 엄마가 날개 없는 천사인 줄 알았다. 그 뿐이 아니었다. 술만 마시면 밥상 집어 던지던 할아버지를 잊지 않는다. 차라리 누워계셨던 할머니가 낫지 싶을 때가 있다. 10살이 되던 새해 아침이 기억 난다. 언니와 나, 사촌동생이 할아버지 앞에 서서 세배를 했다. 할아버지는 한 사람 씩 세뱃돈을 손에 쥐어 주셨다.

"넌 아들도 장녀도 아니니 5000원만 받으라"

초록색 만원짜리 곱게접어 언니와 사촌동생 손에 쥐어주던 할아버지가 내 앞에선 느닷없는 아들타령에 가슴에 대못을 박았다. 술만 마시면 술상 집어던지던 그 노인네를 바라보면서 내가 아들로 태어나지 못해서 우리 엄마가 이런 수모를 겪나보다 싶어 죄인 아닌 죄인으로 살았었다. 혼자된 아빠는 속이 상할 때 술 한 잔 기울이며 그래도 여전히 내 부모, 내동생, 내 자식을 믿고 아껴야한다며 삐딱한 나도 챙긴다.

나이가 들면서 더 어려운 게 가족이라는 생각이 든다. 완벽한 부모는 없고 모두를 보듬을 수 있는 가족도 존재하지 않는다. 각자가 살면서 아픔을 경험했을 수도 있고 알게 모르게 상처를 줄 수도 있다고 생각한다. 그런 아빠의 가족에 대한 강한 믿음은 어디서 생기는 걸까. 혼자된 아빠의 그런 속마음을 다 들여다볼 수는 없지만 그 외로움이 느껴져 너무 가슴이 아프다. 마음 한편에선, 차비 아깝다고 걸어 다니며 모은 돈을 서슴없이 내놓는 아빠를 보면서 그런 그들이 있었기에 지금의 강인한 우리 아빠가 존재하는 것이 아닐까 생각이 들 때도 있다. 그렇게 강인한 아빠를 나는 지금도 의지하고 산다.

마흔이 된 지금, 내가 결혼을 하고보니 더더욱 엄마의 시집살이가 얼마나 끔찍했을지 조금은 알 것 같다.

그렇다고 그들을 비난하거나 욕되게 하고 싶지는 않다. 불편하지만 나도 어쩔 수 없는 그들의 가족이기 때문이다. 예뻤던 엄마는 그렇게 아름다움을 잃기 시작했다. 무례하고 드센 사람들 사이에서 엄마는 생각을 멈추고, 귀를 닫고, 더는 아무 말도 하지 않았다. 그저 엄마는 조금씩 웃음기를 잃은 채 쪼그라들고 있었다. 착한 사람을 쉽게 생각하는 못돼먹은 인간들을 상대하는 일도 지쳤을 것이다. 몸은 하나인데 너무 많은 짐을 짊어진 엄마는 몸도 고단했다. 말 많고 시끄럽기 짝이 없는 인간들은 배려하는 엄마의 삶을 그렇게 살아도 된다고 생각했을 것이다. 나 하나 편하면 되니 남은 어찌 되건 상관없다는 무례한 인간들을 보며 그들을 손가락질하고 비난은 했지만 고단한 우리 엄마 얼굴에 먹칠할까 봐 내색하지 못했다.

세월에 자신을 잃고 자신의 행복을 포기한 체 오로지 누군가의 엄마, 아내, 또 누군가에겐 며느리로, 새언니, 형님으로 사는 삶을 택했다. 모든 것을 희생하고 헌신하고 양보하며 스스로 감내하려는 바보 같이 착하기만 한 엄마의 모습은 내게 끔찍했다. 나는 엄마처럼 살지 않겠노라 다짐했었다.

　하루아침에 상주가 되어 분향 실에서 조문객을 맞았을 때, 향냄새를 맡으며 나란히 서 있는 산 사람들의 꼬락서니가 말이 아니었다. 어이없이 맞이한 엄마의 임종, 우왕좌왕 경황없던 장례, 난생처음 가본 화장터에서 한 줌의 재가 되어버린 엄마의 죽음은 충격과 공포 그 자체였다. 무엇보다 고단했던 엄마의 삶에 우리가 한 마디 위로조차 하지 않았다는 죄책감이 컸다. 다시는 볼 수 없는 엄마의 부재와 그 죄스러움에 슬픔이 눈물로 흐르지 못하고 '억! 억!' 소리도 내지 못한 채 끊어질 듯한 허리만 쥐고 서서 고개를 들지 못했다.

　몸도 마음도 고단했을 엄마. 외로운 삶 뒤에서 홀로 눈물 흘렸을 우리 엄마. 나라도, 그런 엄마의 눈물을 닦아줬어야 했다.

엄마라는 병

　　"엄마, 엄마도 도깨비가 무서워?"

　　"수연이, 도깨비 무섭구나? 걱정 마. 엄마랑 같이 있으니까 괜찮아"

　　"엄마가 도깨비 혼내줄 수 있어?"

　　"그럼, 엄마가 도깨비보다 힘이 더 세! 도깨비가 엄마 엄청나게 무서워해!"

　　어린 딸 아이가 천둥 치는 밤에 무섭다고 가슴팍으로 달려들어 안겼을 때도 내가 느꼈을 순간의 그 불안과 두려움이 아이에게 조금이라도 전해지지 않길 바랐다. 기억 속에 갇혀 두려움을 고스란히 불안으로 느끼고 있는 나약한 엄마의 심장 소리를 듣지 않길 바라는 마음이다. 다시금 떠오르는 순간순간의 조각난 엄마의 죽음이라는 악몽에서 조금 더 자유롭고 싶은 마음이 간절했다. 나도 엄마가 되고 나니 엄마의 진심이 보인다.

엄마가 쓰러지던 날부터 돌아가시던 그 날까지, 비는 또 왜 그리도 많이 쏟아졌는지, 하늘에 구멍이라도 뚫린 줄 알았다. 슬픔을 대신해 내리는 것인지 빗소리가 그리도 처량할 수가 없었다. 중환자실 입구에 간이의자 하나를 가져다 놓고 제발 오늘 밤만은 저 문이 열리지 않길 기도하며 숨죽였던 그 시간이 스쳐지나간다. 중환자실 보호자 대기실이 마련되어 있지만, 어느 보호자도 맘 편히 대기실에 다리 뻗고 누워있는 이는 없었다. 나도 그러했다. 비가 오는 날은 그곳에 모든 보호자가 밤 샘 기도를 한다. 어느 신이 됐든 상관없다. 제발 오늘 밤 살아있게 해달라고 매달린다. 비 오는 날은 유난히 중환자실 문이 자주 열린다. 문이 열릴 때마다 산 사람의 비통한 울음소리와 통곡 소리가 들려온다. 캄캄한 밤, 추적추적 비가 내리는 날이면 나는 아직도 그때 그 소리를 듣는다.

"사실, 엄마도 비가 많이 오면 조금 무서운데, 수연이랑 같이 있어서 하나도 안 무서워"

"엄마! 엄마도 무섭구나. 그럼 수연이가 엄마 지켜줄게!"

고작 5살이 된 딸 아이에게 나는 아주 솔직하게 나를 내보였다. 딸 아이는 누구보다 용감하고 씩씩하게, 거리낌 없이 자신의 마음속에 콩닥콩닥한 불안을 잘 다스린다. 도깨비가 무섭다고 달려드는 것도 내가 느끼는 두려움과는 차원이 다르다. 딸 아이를 바라보며 나의 상실감이 전염되지 않을까, 나의 그리움을 아이가 함께 느끼게 되지 않을까 우려하던 불안을 온전히 내려놓았다. 불안과 두려움을 엄마보다도 잘 다스리는 작고 여린 딸 아이에게 잠시 의지해본다.

보고 싶은 엄마에 대한 그리움이나 갑작스레 밀려오는 슬픔을 내색하지 않기 위해 몸부림칠 때가 있다. 맨날 엄마가 미안하다 해놓고 같은 실수를 반복하는 좋은 엄마가 되어주지 못한다는 생각에 서글퍼질 때도 있다. 잠든 아이의 머리를 쓰다듬으며 어느 날은 감사하고 행복해서 울고, 어느 날은 어린 딸 아이로부터 투영되어 불쑥불쑥 나타나는 엄마에 대한 그리움으로 울곤 했다. 하루아침에 사라져 버린 엄마의 부재로부터 얻은 나의 불안이지만, 조각조각 흩어진 엄마의 기억을 되살려 낼 수 있는 고통스럽지만 소중한 불씨기에 외면하지 않기로 했다. 엄마의 갑작스러운 죽음 그 순간순간이 이상할 정도로 생생한 퍼즐이 되어 머릿속을 떠나지 않고 떠올랐다가 사라지기가 반복된다. 말을 배우고 한글을 하나씩 알아가던 35개월 된 딸 아이는 날이 갈수록 질문이 많아졌다.

　"아빠의 엄마가 할머니면, 엄마의 엄마는 외할머니네?"
　"근데 외할머니는 어디 있어?"

　너무나 해맑은 얼굴로 딸 아이는 내 마음속 깊이 숨겨뒀던 엄마를 다시 찾게 했다.
　"외할머니는 하늘나라에 있는 거야?"

"수연이도 외할머니 보고 싶어…."

　　하루종일 질문을 쏟아내는 딸 아이에게 제대로 된 대답을 하는 것은 나에게 다소 힘든 고백이 될 수 있겠지만 딸 아이가 내민 따뜻한 작은 손길을 잡아 차디찬 암흑 속에 기억이 아닌 세상에 하나뿐인 우리 엄마의 기억으로 온전한 나의 온기를 다시 찾아보고자 했다. 엄마에게 해주지 못한 말들과 보여주지 못한 마음을 딸 아이의 작은 손길로 전해보자. 그 온기로 나의 하루를 다시 살 수 있게, 딸 아이가 40개월을 맞이하던 날, 나는 딸 아이의 작은 손길을 잡고 엄마와의 기억 속 퍼즐을 맞춰보기로 했다.

"엄마 나는 어떻게 태어났어?"

　　세상 궁금한 게 많은 딸 아이의 질문은 자신의 탄생비밀을 파헤치는 데서부터 시작됐다. 나는 내 아랫배에 제왕절개수술을 한 흉터 자국을 가리키며
　　"열 달 동안 엄마 뱃속에 있다가 수연이가 밖에 나

오고 싶어 해서 엄마가 뱃속에서 꺼냈지."

"그럼 엄마는 어떻게 태어났는데?"

내가 용기를 내야 할 때가 되었다. 딸 아이에게 친절한 엄마가 되기 위해, 죽은 엄마를 따뜻한 온기로 되살리기 위해 용기를 내어 본다.

엄마 뱃속에서부터 나는 요란했다. 엄마 뱃속에 자리 잡기를 잘못 잡아 엄마의 신장을 눌러 만삭인 엄마가 피 오줌(혈뇨)을 싸는 고통을 겪게 했다. 엄마를 그렇게도 고생시켜 태어나서도 성질머리가 급해서 나오랄 때 안 나오고 몇 달을 앞서 미숙아로 태어나 인큐베이터에서 연명했다. 병원에서도 오래 살기 어렵다는 의사 선생님의 소견을 달고 우유 한 모금 목구멍으로 넘기지 못했다. 내 새끼 죽는 줄 알았다던 우리 엄마는 외할머니의 조언으로 거즈 수건에 거른 쌀 끓인 물을 가까스로 먹여 나를 살려냈다.

유년 시절이 되어서는 잦은 고열로 학교보다 병원 문턱 넘는 게 더 익숙했다. 그래서 유년 시절의 친구들과의 추억이 많지 않고 주변에 친구들도 많지 않았다. 개학하고 며칠 학교에 나가면 바로 감기에 걸려 콜록거리다 고열로 쓰러져 병원에 실려 가기가 일쑤였고, 그렇게 병원에 입원해 있다가 학교에 가면 친구들이 어색하고 불편했다. 엄마는 겨울이면 고열에 시달리던 나를 열 떨어지라고 홀딱 벗겨놓았다가 가루약 수저에 올려서 물약에 손가락으로 녹여 먹이고 열이 똑 떨어지면 침대에 깔아두던 전기장판을 거실 소파 밑으로 꺼내와서 묵직한 이불 폭 덮어주셨었다. 딸 아이와 지금도 우린 침대 위에 깔아 놓은 온수 매트 위에서 이야기를 나눈다.

"수연이도 엄마랑 이불 속에서 노는 게 젤 좋지? 엄마도 그랬어."

대학병원에서 백혈병으로 오진할 만큼 나는 자주 고열이 나고 아팠지만 먹는 것도 노는 것도 좋아해서 열이 조금 난다 싶으면, 병원 가서 주사 맞고 컨디션이 조금이라도 좋아지면 엄마와 이불 속에서 놀자 했었다. 이불 속에서 아픈 나에게 하루쯤 허락해주시는 엄마의 몰랑몰랑한 찌찌를 만지는 것도 좋았고 퉁퉁 붓고 헐어 있는 목구멍을 위해 비싼 조각 아이스크림을 사 먹는 것도 맛있었다. 아픈 것만 잘 참으면 먹는 것부터 노는 것까지 만사형통이었던 그때가 그냥 좋았다. 어린 시절 나의 불안증은 부모로부터의 불안정한 애착에서의 나약한 자기 불안이 아닌 내 인생 가장 포근하고 따뜻했던 엄마의 품이 마냥 좋아 밖에 세상과 담쌓고 싶었던 어린아이의 엄마 품에 안주(安住)하고픈 투정이 아니었을까 생각해 본다.

엄마랑 이불 속에서 꽁냥꽁냥하기 좋아하는 건 내 딸 아이도 마찬가지긴 하다. 어린이집 안 가고 엄마랑 논다는데, 도통 나는 아빠처럼 신나게 놀아주는 것도 없고 놀 줄도 모르고 놀아준다고 해봐야 동요 틀어주고 간식 만들어 먹이는 것뿐인데도 딸 아이는 그게 좋단다. 그래서 아침마다 어린이집 안 가겠다는 꼬맹이랑 출근해야 한다는 나는 오늘도 실랑이다.

우리 엄마도 그랬을까. 오랜 병치레로 많이 고단했

을 우리 엄마는 밤잠 설치고 밤낮 병원 다니고 이것저것 몸에 좋다는 거 사다 먹이느라 고생도 많았다. 지금의 나처럼 운전을 할 수 있었던 것도 아니고 웬만한 거리는 무거운 짐이 두 손 가득하여도 택시 한 번 편히 잡아타는 일도 없었다. 아픈 걸 대단한 무기처럼 휘둘렀던 철없는 내가 얼마나 지긋지긋했을 까 싶다.

커서도 엄마 속 썩이는 데에는 일가견이 있었다. 말은 잘 듣는 것 같은데, 엄마가 하라는 대로 착실히는 하지 않고 불성실한 만큼 따라와 주는 성과도 없었던 성장기의 나는 엄마에겐 큰 고민이었다. 중학생이 되면서부터 초등학생 때 아파서 못해본 것들을 몰아서 하기 시작했다. 세상에 궁금한 게 많았던 나는 친구 따라 강남 가는 날이 많았고 미술 외에 다니고 싶어 하는 학원도 없었으며 공부를 하지 않아 성적이 떨어져도 별로 신경 쓰지 않았던 대담한 나의 시절이 있었다. 우리 엄마, 속 터져 죽을 지경이었다.

큐레이터가 되겠노라 원하던 대학에 입학했을 때도 '축하한다'라는 말이 아닌 '고맙다'라는 묘한 말씀을 하신 이유도 인제야 알았다. 뭐 지금 생각해보면, 나에게 큰 기대가 없었던 엄마의 뒷심이 있었기에 그걸 믿고 내 마음대로 하고 싶은 일들을 다양하게 벌여놓을 수 있었던 것이기에 엄마의 무심함이 오히려 다행이었다고 생각한다.

고작 5살 된 딸 아이와 지금도 실랑이를 하면서 딸 아이를 통해 고집 센 내 모습을 종종 볼 수 있다. 아주 고집이 황소고집이다. 딸 아이는 자신이 원하는 것이 있으면 잠을 안 자고, 밥을 안 먹더라도 고집부려서 원하는 것에 끝을 본다. 자야 할 시간에 잠을 자지 않고, 밥 먹을 시간에 밥을 먹지 않으면 나는 매우 예민해진다. 가끔, 이런 아이의 똥고집에서 나를 볼 때가 있어 참 불편하다.

이럴 때 엄마는 어떻게 했을까.

이 시간은 길고도 어렵습니다. 당신에게 매달린 고통 중 그 어느 것도 해결되지 않을 것처럼 여겨질 수 있습니다. 괜찮습니다. 희망이 없어도, 삶의 목적이나 의미를 잃은 것처럼 느껴져도 괜찮습니다. 모두 자연스럽고 정상적인 감정입니다. 삶은 계속될 것이며 시간이 흐르면 당신은 자기 자리를 다시 만들어 갈 겁니다. 지금은 그저 스스로를 돌보세요. 빛이 돌아오리라는 것을 믿으세요.

― 브룩 노엘, 패멀라 D.블레어
〈우리는 저마다의 속도로 슬픔을 통과한다〉에서

인생, 찾아가고 있습니다

"괜찮습니다"

이 한 마디에 왈칵 쏟아져 내린 눈물을 기억한다.

참으로 오랜만에 나를 위로하는 책을 열어봤다. 쌓인 책 중에 찾기도 힘들고, 종이가 헐어서 한 장 한 장 넘기기도 조심스러울 만큼 보고 또 봤던 책이다. 갑작스레 엄마를 떠나보내고 그렇게 서글픈 마음을 달래기 위해 읽어 내려간 책이었다. 나는 엄마의 죽음 후 상실감에서 벗어나기 위해 버릇처럼 책에서 답을 찾고 있었다. 준비되지 않은 낯선 죽음을 직면하는 방법, 내 기억과 애도의 슬픔 속에 비참한 마음을 억누르는 방법 등 뒤죽박죽인 내 속에 나를 어떻게 다스려야 하는지조차 알 길이 없었다. 책에서 답을 찾지 못했던 나는 끄집어내지 않고 깊이 덮어두는 것으로 위로를 대신하고 책을 멀찌감치 던져뒀다. 깊이 숨겨두고 감춰둬야 덜 아프다고 생각했기 때문이다. 어둡고 긴 터널이 너무 캄캄해서 한 치 앞도 볼 수 없다고 세상을 탓하면서도 내 눈 씻고 내 마음 열어서 손잡고 살아내야 할 생각은 없었다. 무정하고 무례하고 무리한 잿빛으로 세상을 바라보는 시선에서 나 스스로 과거에 갇혀 살면서도 그 안에서 손잡아주는 사람들이 보이지 않는다며 탓하고 있는 나를 보았다. 죽은 엄마가 짊어지고 있었을 그 무거운 짐, 등이 휠 것 같은 삶의 무게를 짊어지고선 그게 잘 안된다. 아무리 좋게 보려 해도 마음에 들지 않고 잘 보려 해도 좋아 보이는 게 별로 없고 잘 봐주고 싶어도 예쁜 구석이 별로 없다. 불편하고 불만스런 불평거리가 세상천지이다.

나는 그래도 딸아이와 함께 있는 시간이면 세상이 조금 달라 보인다. 40살을 맞이하는 나는 올해로 5살을 맞은 40개월 된 딸 아이를 통해 하루에도 수십 번씩 다양한 감정을 나눈다. 딸 아이가 여느 또래 아이들보다 성장이 빠르기도 했고 감정표현이 다양해서 아이가 느끼는 순수한 상태에서의 솔직한 감정이 다 큰 어른인 엄마를 돌아보게 하거나 다시 생각하게 만들 때가 많다. 딸 아이는 사랑이 많은 아이이다. 정도 많지만 그만큼 표현도 잘해서 "엄마 사랑해! 아빠 사랑해!"라는 말을 입에 달고 산다. 어린이집 선생님에게도 오후 시간 선생님이 지쳐 있을 때 가까이 다가가 "선생님 안아주고 싶어요"라는 말을 하는 아이이다.

딸 아이가 4살이 되던 해에 우리 가족은 조금 넓은 집으로 이사를 했다. 이사 온 아파트 단지 내에 주변 엄마들 사이에서 나름 괜찮다고 평이 나 있던 어린이집을 등록했다. 기저귀도 떼지 못한 6개월 된 아기 때 뭔지도 모르고 다니던 어린이집과는 다를 것이라 예상했다. 이사 와서 처음 와본 어린이집은 새로운 장소, 낯선 친구들이기에 적응하는 데 시간이 필요하리라 생각했지만 아이는 너무도 씩씩하게 잘 적응해 주었다. 새로운 환경에 거침없이 다가가는 딸 아이의 모습은 나와는 아주 달랐다.

딸 아이와 나는 너무도 다르다. 나는 어렸을 때도 엄마와 떨어지는 것을 불안해했다. 딸 아이처럼 씩씩하게 어린이집에 적응을 잘하지도 못했고 새로운 장소, 낯선 사람들을 좋아하지 않았다. 예기치 않은 상황에서 큰 소리가 나면 기겁을 하고, 어둡고 캄캄한 곳은 어른이 되어서도 두려움이 큰 장소로 기억한다. 나는 기질적으로 불안이 많은 성향을 타고났다고 했다. 그래서 누구보다 예측 가능성에 대한 욕구가 강하게 나타난다. 지금도 나는 강단에 서거나 무대에 설 때, 또는 인터뷰나 교육 영상의 촬영이 있는 날에는 몇 날며 칠이고 내가 불안해하지 않을 만큼 연습을 해서 실전에 대비한다. 불안이 기질인 만큼 준비에 철저히 대비해 내 안에 불안을 다독이는 법을 꽤 오랫동안 경험해가고 있다.

한 번은 딸 아이가 늘 즐겨 타는 집 앞 놀이터에 그네를 서서 타는 모습을 지켜보는 것이 힘들 때가 있었다. 아이가 하루 이틀 탄 그네가 아니기에 충분히 혼자서 탈 수 있을 만큼 컸지만, 그네가 하늘 높이 향할 때는 가슴이 조마조마해서 지켜보는 게 어려웠다. 하루에도 수십번씩 "조심해"라는 말을 달고 살았다. 일상의 소소한 나의 불안은 호기심이 많은 딸 아이에게 물려주고 싶지 않은 엄마의 마음이 있다. 열이 펄펄 끓는 나를 들쳐 안고 택시를 잡아타던 다급했던 엄마의 목소리가 기억난다.

"아가, 많이 아파? 엄마가 미안해. 조금만 기다려."

엄마가 미안할 일이 아닌데도 엄마는 내게 미안하다 했다. 엄마의 미안함에는 더 아플까 싶은 불안함과 아픔의 고통에 함께하지 못하는 미안함이 늘 공존했다. 딸 아이에게 "조심해"라고 외치는 내가, 그때 엄마의 마음을 아주 조금 알 것 같다. 오랜만에 친정집에서 딸아이와 함께 어린 시절 앨범을 정리하다 빛바랜 사진들을 들여다보게 되었다. 하나하나 사진들에는 갖가지 사연들이 있고 한참을 지난 지금에는 웃으며 그때 그 순간들의 추억들을 떠올리며 이야기를 할 수 있었다.

엄마 사진을 눈물 흘리지 않고 담담하게 꺼내 보는

데에 10년이 넘는 시간이 걸렸다. 딸에게 엄마의 존재는 각별하다. 물론 엄마에게 딸의 의미야 더 말할 것도 없다. 세상에서 가장 가까운 친구이자 나를 이해해줄 수 있는 내 편이 되어 주는 그런 사람이 바로 엄마이기 때문이다.

마흔에, 어른살이

　　출산 이후, 나는 일을 다시 하고 싶었다. 누가 봐도 열심히, 치열하게 살아낸 그동안 나의 삶도 놓치고 싶지 않았다. 하지만 아무리 찾아봐도 내 주변에는 딸 아이를 나 대신 잠깐이라도 돌봐 줄 수 있는 사람은 없었다. 그렇다고 멈춰서서 딸 아이만 바라보자니 나는 곧 경력단절 여성이 될 것 같았다. 불안의 기질이 여기서도 꿈틀거렸다.

　　"엄마는 일을 하고 싶어. 여자도 일해야지"

　　엄마는 간절히 일하고 싶어했다. 외벌이하는 아빠가 불편했을 수도 있고 집 안에만 있는 것이 답답했을 수도 있다. 하지만 몸이 아파 대학을 중퇴한 엄마가 직장을 구하기는 어려웠다. 요양병원 간병인이 되기 위해 공부도 하셨고 실습도 나가셨었다. 하지만 몸이 약했던 엄마는 이틀을 버티기 힘들었다. 나는 엄마처럼 몸이 약한 체질은 아니지만, 항상 불안이 발목을 잡는다.

　　'어린이집에 아이가 적응을 못 하면 어디에다가 맡기고 일을 하나.'
　　'아이가 아프거나 칭얼대는 것은 아닐까?'

　　엄마가 처음이라 모든 것이 우왕좌왕할 수 있는 것인데도 나는 완벽하게 좋은 엄마가 되지 못하는 것을 매우 불안해하고 미안해한다. 예측 가능 범위 내에서 내가 할 수 있는 일들을 찾았고 내가 하지 못할 상황이면 지인들에게 청을 해서 협업으로 일을 계속하기로 했다. 나름의 방법을 찾고, 하나씩 해결해 나가는 데에는 가족과 지인들의 도움이 절실했다.
　　엄마의 일 욕심에, 딸 아이는 남들보다 어린이집을 빨리 가야 했다. 아이에게 미안했지만, 다행히도 어린이집 선생님들은 능숙하게 아이를 보듬어 주셨다. 그렇게 6개월 된 작디작은 딸 아이를 어린이집 선생님 손에 맡기고 그렇게 하루 4시간씩 짧지만 강렬하게 일을 한 지 4년이 되어 간다. 참 열심히 버텼다. 고단했지만 나는 행복했다. 엄마가 그렇게 하고 싶어 했던 '돈 버는 일'은 지금에 나에게 있어 딸 아이에게 죄스러울 만큼 미안하지만 단순히 돈을 버는 일이 아니다. 매일매일 남에 손에 맡겨지는 내 딸 아이의 1분 1초가 궁금하고 불안하지만, 그 조급함을 잠시 내려놓고 4시간만은 온전히 나에게 집중하려는 것이다. 세월에 나를 무책임하게 묶어두는 것이 아니라 내가 하고 싶은 것을 찾는 것이고, 내가 즐겁게 하는 것을 포기하지 않으려는 작은 노력이다.

돌이켜보면 엄마의 삶도 그랬어야 했다. 엄마가 간절히 하고 싶어 했던 일, 그게 어떤 일이 되었건 할 수 있게 도와줬어야 했다. 가족에게 피해가 될까 봐 걱정하고 불안해하던 엄마에게 지금의 내 딸 아이처럼 좀 더 씩씩하게 대담하게 잘 버텨줬다면 엄마는 날개를 달았을지도 모른다. 좋아하는 노래가 있으면 조금 시끄러워도 큰

소리로 부르게 손뼉쳐줬어야 했고, 흥이 난다면 함께 춤도 추었어야 했다. 엄마는 엄마가 처음이라, 엄마의 의견을 힘주어 말하지 못했다. 내 자식들에게 혹여나 피해가 갈까, 조심스럽고 불안하고 미안해서 아무 말도 하지 못했다.

나는 죽은 엄마로부터 배운다. 그 어떤 것도 엄마의 삶에서 포기하지 말아야 했다는 것을, 엄마로서의 삶도, 내 인생에서의 삶도 최선을 다해 산다.

그래서 나는 오늘도 산다.

"

세상의 시간을 잘 버텨내어 마흔을 맞이하는 내가
나의 온기를 잃지 않기 위해서 엄마의 침묵에 귀 기울이고,
엄마가 간직했을 꿈 꾸던 노년을 함께 그려보며
그 온기로 마음 깊이에서부터 밀려오는 그리움에 애릴
찬바람을 뜨거운 애도로 감싸 안으려 한다.

조혜진

대한민국에서 태어나 어느덧 삼십 대 중반에 들어섰다. 책과 위스키, 재즈를 사랑한다. 책을 읽으며 어느새 괴롭지 않은 순간을 발견했고 그 순간을 글로 적으며 위로를 받았다. 밤이 깊어지면 재즈를 틀어두고, 위스키 두어 잔을 홀짝이며 조용히 이 책을 써 내려갔다. 이제는 행복이 어색하지 않은 날들에 감사하며, 삶을 사랑하는 방법 하나를 누군가와 나누고 싶다.

아주 사적인　　행복

프롤로그 : 흔들리는 삶을 사랑하는 연습

"스스로 할 수 있는 일은 바로잡고, 어찌할 수 없는 일에 대해서는 불평하지 않는다."

이 단순한 삶의 규칙을 따르기 시작했을 때 아주 사적인 행복이 찾아왔다. 이는 너무 힘들고 괴로웠던 시기를 지나며 절실하게 깨닫게 된 삶의 한 방향이었다. 내가 이 책에서 전하고 싶은 "사적인 행복"은 거창한 무언가가 아니다. 멀리 있는 파랑새 같은 행복이나 모두가 비슷한 인생을 살며 느끼는 행복이 아닌, 나의 길을 걸으며 경험할 수 있는 다양한 행복을 말한다. 우리 사회에는 암묵적으로 정해진 '잘 사는 인생 표본' 같은 게 있다. 화목한 가정, 원만한 인간관계, 명문 대학과 높은 연

봉을 주는 직장, 그리고 결혼과 출산. 이 표본에 얼추 들어맞지 못하면 마치 엄청난 불행에 빠지기라도 하는 것처럼 얼른 그 안으로 들어오라고 호들갑이다. 이런 인생 표본이 사회에서 요구하는 행복의 기준이라면 나는 그 기준에 한참 못 미치는 사람이다. 화목과는 거리가 멀었던 우리 집, 그저 그런 대학, 변변찮은 직장, 그리고 노처녀 꼬리표까지. 남들처럼 행복하지 못한 것 같아 늘 불안하고 초조했다.

스무 살 무렵 엄마가 일찍 돌아가시고, 누구 하나 기댈 사람조차 없었던 때에는 불행이 항상 한꺼번에 몰려온다고 생각했다. 이 넓은 세상에 나 혼자 덩그러니 버려진 건 아닌가 하는 커다란 공포가 밀려왔다. 그래서 남들에게 뒤처지지 않고 그 '잘 사는 인생 표본'에 들기 위해 누구보다 열심히 살았다. 열심히 사는 게 '잘' 사는 거라고 굳게 믿었다. 그 시절은 세상이 너무 미우면서도 누군가 한 명쯤은 내게 잘 사는 방법을 일러주길 간절하게 바랐다. 시간이 흐를수록 파랑새 같은 행복은 점점 멀어져갔고 그저 살아지는 대로 살 뿐 별다른 즐거움이 없었다. 게다가 다른 사람에게 기대어 그와 똑같은 행복을 찾았기에 나 혼자서는 행복을 찾을 방법조차 알지 못했다. 그러던 어느 날, 믿고 기대었던 친구에게 크게 배신을 당한 뒤 깊고 긴 수렁에 빠져들었다. 걷잡을 수 없이 모든 걸 놓아버리고 싶던 나날을 보내다 문득 깨달았다. '아, 이건 뭔가 단단히 잘못되고 있구나.' 알맹이는 쏙 빠진 빈껍데기가 되어보니 내 삶이 온통 '잘 사는 인생 표본'에 들기 위한 허탈한 시간이었다는 걸 알 수밖에 없었다.

삶이 뭔가 잘못 돌아가고 있다는 걸 깨달은 후 나는 내 인생의 방향을 제대로 잡기로 마음먹었다. 제일 먼저 한 일은 오랜 시간 외면했던 나와 친해지는 일이었다. 타인에게 기댄 반쪽짜리 행복이 아닌 나의 온전한 나의 행복을 느끼기 위해서. 입학식 첫날, 모르는 친구들로 가득한 교실을 바라보듯 생소하게 나를 보았다. 이 많은 아이 중 누구와 친해지게 될까? 누구에게 먼저 말을 걸어볼까? 이런 비슷한 마음으로 나에게 말을 걸기 시작했다. 처음엔 어색하고 민망한 기분이 들었다. 이게 뭐

하는가 싶기도 했다. 차라리 술 한잔하며 전부 잊고 싶었다. 하지만 이건 덮어둔다고 해결될 일도 아니었으며 오로지 나만 할 수 있는 일이었다. 다시 마음을 가다듬은 후 나를 돌아보기 시작했다. 그러자 천천히 아주 사적인 행복이 조금씩 샘솟기 시작했다.

나와 친해지고 난 후에 내가 가는 길에 대한 고민을 조금 내려놓았다. 아무도 남들과 똑같은 삶을 살 수는 없다. 나는 여러 갈래 길을 걸으며 느끼는 아주 사적인 행복을 이 책에 담았다. 가끔은 방황하기도 하고, 때로는 우울의 늪에서 허우적대던 이야기들을 넘어서 내게 남겨졌던 마음의 상처를 보듬고 지금처럼 행복한 삶을 살 수 있게 된 이야기다.

"고민이 없는 게 고민이에요."

가끔 농담처럼 이야기하면 대부분 사람들은 나를 부러워한다. 누구나 바라는 인생을 사는 듯 보이니까. 특별히 내가 잘나서도, 성인처럼 마음이 너그러워서 고민 없는 인생을 사는 게 아니다. 단지 나는 내가 할 수 있는 일은 하고, 할 수 없는 일엔 미련을 두지 않을 뿐이다. 그렇게 살다 보니 하루하루가 좋지 않을 이유가 없었다. 지금 사는 게 퍽퍽하고 지쳐있을 누군가에게 삶을 사랑하는 방법 하나를 전하고 싶다.

나는 언제든 행복을 선택할 수 있고, 행복은 결코 멀리에 있지 않았다.

저 산 너머 흰 구름에 걸린 행복

2018년 가을, 드디어 A와의 질긴 악연을 끝냈다.

　나와 A는 카페에 마주 앉아 있다. 카페 안은 시끄럽게 원두를 내리는 소리, 치-이익 하며 우유 거품을 내는 소리, 사람들이 대화를 나누는 소리로 가득했다. 둘 사이에 놓인 커피는 반쯤 식어가고 있었다. 날카로운 시선으로 A를 바라보며 입술을 꼭 깨물었다. 왁자지껄한 소음들이 한순간 음소거 버튼을 누른 것처럼 조용해졌다. 이번엔 흔들리지 말자고 굳게 마음먹고 입술을 뗐다.

　"너랑 더는 아무것도 같이 하고 싶지 않아."

건조한 말투로 드디어 내뱉었다. A는 처음엔 날 설득하다가, 변명하다가, 마지막에는 눈물을 흘렸다. 이상하게 아무런 감정도 느껴지지 않았다. 나는 자리를 툭 털고 먼저 일어나 카페를 나왔다. 그날따라 말간 가을 하늘이 유독 푸르고 선명해 보였다.

그 애가 처음부터 악연이라고 생각한 건 아니었다. A는 바르고 똑 부러진 친구였다. 조리 있는 말투, 친절한 행동. 적어도 겉으로 보기에는 그랬다. 내가 아는 사람 중 '잘 사는 인생 표본'에 잘 들어맞는 사람이 바로 그 애였다. 우리는 같은 교복을 입고 고등학교 교실에서 만났다. 둘 사이가 급속도로 가까워진 건 졸업 후 5년 정도 지난 이십 대 중반쯤이었다. 내 인생에서 마주칠 수 있는 불행은 다 마주치고 있다고 생각하던 차에 A를 다시 만났다. 그때 본 A는 남부러운 것 없어 보였고, 결혼을 앞두고 찬란한 장밋빛 미래를 꿈꾸고 있었다. 반면에 내 꼴을 보고 있자니 퍽 초라하기만 했다. 이십 대 초반 엄마가 돌아가신 후 그 슬픔을 채 추스르지 못한 채였고, 아빠는 늘 술만 마시면 무섭게 변했다. 우리 집은 여전히 가난했고, 아빠의 술주정이 무서워 집을 뛰쳐나온

후론 일찍부터 돈을 벌기 시작했다. 대학을 다니려면 등록금을 벌어야 했고, 하루하루 통장 잔고를 확인하며 가끔은 삼각 김밥으로 끼니를 때우기도 했다. 어린 마음에 자존심이 상해서인지 친구들에게 힘들다는 내색은 절대 하지 못했다. 늘 괜찮고 씩씩한 사람으로 보이려고 애썼다. 그래서일까. 그 당시 만난, 내가 보기에 잘 사는 인생의 표본인 A와 비슷하게 살면 지금보다는 더 나은 인생을 살 수 있을 것 같다는 생각이 들었다. 어쩌면 나도 좀 행복해질 수 있지 않을까? 하는 부푼 기대감마저 들었다.

어릴 때부터 친구들에게 힘들다는 말을 잘하지 못했었다. 누군가에게 내 이야기를 한다는 것이 겸연쩍고 서툴러서 어떤 공감이나 위로를 받는다는 게 무척이나 어색했다. A와 나의 사이가 가까워질수록 교묘하게 A는 나의 힘든 이야기를 유독 잘 끄집어냈다. 아무에게도 하지 못했던 마음속 깊은 이야기를 더듬더듬 털어놓으며 점점 A에게 마음을 열었다. 정말 진심으로 나를 이해해주는 사람이 생겼다는 사실이 못내 좋았다. 마음이 한

번 열리고 나자 무방비 상태가 되어 A의 말이라면 팥으로 메주를 쑨다 해도 믿었다. 마치 그 애의 말이 성공으로 가는 지름길을 알려주는 어떤 이정표 같았다. 그 후 우리는 늘 붙어있는 시간이 많았고, 미처 눈치채지 못한 사이 나는 서서히 A에게 길들여져 가고 있었다. 그 애는 마치 사이비 종교가 교인들을 세뇌하는 것처럼 내가 인식하지 못하는 사이 나의 모든 부분을 천천히 통제하고 있었다.

아주 나중에 깨달았지만 A에게 나는 부리기 쉬운, 살아있는 ATM기에 불과했다. 시작은 아주 사소했다. A의 아버지에게 큰일이 생겨 당장 70만 원이 필요하다고 했다. 마침 수중에 딱 70만 원 정도가 있었다. 친구 사이에 어려움이 있다면 받지 않는다 생각하고 빌려줄 수도 있는 게 돈인데, 더욱이 A의 일이라니. 나는 한 치의 의심도 없이 돈을 빌려주었다.

띠링. 70만 원이 출금되었습니다. A는 그 후에도 계속 나를 ATM기처럼 사용했다. 나는 두세 가지 알바를 동시에 해 가며 잔고를 채웠다. 그 애가 필요한 일이라면 아낌없이 지원해 주었다. '내 말을 잘 들어주고 나 잘 되라고 조언을 아끼지 않는 친구인데 이 정도는 해 줄 수 있지.'라고 자신을 속이며 잠도 제대로 못 자고 일을 했다. A가 말하는 데로 살면 '열심히' 사는 것으로 생각했다. 그동안 내가 열심히 살지 않아서 성공하지 못했다는 말을 곧이곧대로 믿고 열심히 살기 위해 잠자는 시간까지 쪼개며 일을 했다. 그 고생을 해서 번 돈이 전부 A가 필요한 곳에 쓰이고 있었는데도. 옛 속담처럼 재주는 곰이 넘고 돈은 주인이 받는 격이었다. 하지만 내 곁에는 이정표 같은 A가 있으니 잘 나아가고 있는 거라고 굳게 믿었다. 내 인생을 책임지는 것이 두려웠던 나머지 내 손으로 직접 다른 사람에게 내 인생의 방향키를 넘겨주었다. 내가 하는 일이 어떤 의미가 있는지, 원하는 일인지 생각하기보다는 그저 열심히 사는 내 모습에 위안을 느꼈다. 열심히 가는 것보다 '제대로' 가는 게 더 중요하다는 걸 그땐 까맣게 몰랐다.

프랑스 사상가 몽테뉴는 '어느 곳을 향해 배를 저어야 할지 모르는 사람에게는 어떤 바람도 순풍이 아니다'라고 썼다. 웃기게도 나는 당시 이 문장을 핸드폰 배경

화면에 적어 놓았다. 어디로 가야 할지 조차 몰라 불어

오는 바람에 아무렇게나 내 인생을 내맡긴 채로.

봄날의 개

　　외모, 행동, 재정, 인간관계, 심지어 남자친구까지. 나에 대한 A의 통제와 집착은 시간이 지날수록 심해져 갔다. 그러다 인간 ATM기에 잔고가 점점 바닥이 날 무렵 A가 새로운 당근을 내밀었다. "우리 같이 베이킹 공방 차리자! 너는 사장님하고, 나는 수업하면서 학생들 가르치면 진짜 좋지 않을까?" A는 오피스텔 보증금 1,000만 원을 자기 남편 돈으로 '빌려' 줬고 나는 다달이 나가는 월세와 관리비, 값비싼 집기와 시설, 재료비, 수업료, 식대 등을 부담했다. 당연히 공방은 잘 될 리가 없었다. 사업의 사 자도 모르는 이십 대 여자 둘이서 꾸려나가기에는 사업 수완도 부족했고 실무적인 부분도 모르는 것투성이였다. 공방이 쫄딱 망한 후에 A는 1,000

만 원을 챙겼다. 그 사이 A는 유명한 제과 학교를 졸업했고, 여러 자격증을 땄다. 자기가 듣고 싶은 제과 수업은 모조리 들었고 심지어 사고 싶은 장식품 하나까지도 원하면 다 나를 통해 가질 수 있었다. 이 모든 게 공방을 위한 일이니까. 결론적으로 A는 하나 손해 본 것이 없고 나는 실속 없이 건진 것이 아무것도 없었다. 몇 년째 고생했지만 내 손에 남은 건 엄청난 빚과 폐업 뒤처리뿐이었다. 나는 지칠 만큼 지쳤고 더는 함께 일을 꾸려나가는 것이 어렵다는 생각이 들었다. 그런 상황에서도 이제 그만하고 싶다고 말하기가 두려웠다. 분명 뭔가 잘못 돌아가고 있다는 건 알지만 이 상황을 어떻게 끝내야 할지 알 수 없었다. 그 애에게 반대의견을 말하는 것이 나를 이해해준 사람에 대한 도리가 아닌 것만 같았다. 끝 모를 죄책감과 무력감이 나를 휘감았다.

드라마 〈사이코지만 괜찮아〉에 나온 '봄날의 개'라는 동화에 이런 내용이 나온다. "어느 날 봄날의 개에게 마음이 속삭이듯 물었어요. 얘, 너는 왜 목줄을 끊고 도망가지 않니? 그러자 봄날의 개가 말했습니다. 나는 너무 오래 묶여 있어서 목줄 끊는 법을 잊어버렸어."

　　나는 목줄 끊는 법을 잊었을 뿐 아니라 목줄을 끊고
난 후 그다음은 어떻게 하지? 하는 생각에 이러지도 저
러지도 못했다. 엄마가 돌아가신 후 내 멋대로 살아왔다
고 생각했는데 지금까지 계속 도망치며 누군가에게 의
지한 삶을 살았을 뿐 나 스스로 삶의 중대한 결정을 내
린 적이 없었다. 빛이 보이지 않는 앞날이 막막하고 두
려웠다. 혼자서는 남들처럼 성공하지 못할까 봐 불안했
다.

　　더는 A와 함께 할 수 없다는 생각이 점차 굳어갈 때
쯤 그 애의 거짓된 행동들이 하나씩 드러났다. 어느 날
인가 갑자기 급히 쓸 데가 있다며 내게 돈을 빌려달라고
했다. 평소 같으면 이유도 묻지 않고 돈을 빌려주었겠지
만, 그날은 무슨 일이냐고 물었다. A는 약간 당황하며 이
런저런 핑계를 댔다. 차일피일 돈 갚기를 미루더니 결국
거짓말로 내게 돈을 빌린 사실이 드러났다. 그 사실을
안 순간 머릿속이 번쩍했다. A의 거짓말을 직접 확인 하

고 나니 뿌옇던 눈앞이 안개가 걷힌 것처럼 갑자기 선명해졌다.

　나는 바보같이 그제야 그 애가 그동안 어떤 말과 행동을 하고 다녔는지 알아봤다. 남들에게 나는 A에게 기대기만 하는 아주 형편없는 사람이 되어 있었고 우리 가족들에게 내가 정신적으로 불안정한 상황이라고 몰래 얘기를 하기도 했다. 너무 큰 배신감과 가족에게 그런 말을 듣게 한 미안함에 온몸이 부들부들 떨렸다. ATM 기 취급을 당한 것 보다, 나를 대하던 모든 행동과 말들이 진심이 아니었다는 것이 더욱 큰 충격이었다. 나는 이용당했다는 사실을 결코 인정하고 싶지 않았다. '차라리 나를 이해해주는 척하지나 말지. 차라리 사기를 크게 쳐서 돈이나 뜯어내고 말지.' 하는 생각이 끊임없이 들었다. 깊었던 믿음만큼 더 깊은 구덩이로 한없이 추락하는 기분이었다. 믿었던 도끼였기에 찍힌 발등이 몇십 배는 더 아팠다. A와 친해지기 전보다 더 큰 상실과 공허함이 찾아왔다. 어느 날은 분노가 치밀어 올라 잠이 안 오고, 어느 날은 그럴 리 없다며 내가 잘못 생각한 건 아닌지 현실을 부정하기도 했다.

끓어오르는 분노와 배신감을 간신히 누르고 냉정하게 이 상황을 생각해 보았다. 처음부터 그 애를 믿고 모든 주도권을 넘겨준 게 잘못이었다. 점점 A의 영향력이 세지는 것에 내가 일정 부분 동조했음을 끝내 인정할 수밖에 없었다. A와 함께하면 나도 어느 정도 잘 사는 표본에 들 수 있지 않을까 하고 그 애에게 의지해 내 성공과 행복을 바랐다. 나에 대한 깊은 고민 한번 한 적이 없었기에 쉬운 길, 빠른 길로 가려 했다. 그 애가 가진 행복은 결코 내 것이 될 수 없었다는 걸 그땐 미처 알지 못했다. 어쩌면 A의 장밋빛 미래는 내가 멋대로 만든 이상일지도 모른다. 그 애도 살면서 늘 좋기만 한 삶은 아니었을 테고 때때로 나에게 의지하고 싶었으리라. A가 처음부터 내게 나쁜 마음을 먹었는지는 모르겠다. 내가 자신의 입맛에 맞게 행동을 하니 점점 더 그 수위를 높여 갔을 것으로 추측할 뿐이다. 하지만 인지하든 못하든 그 애가 잘못된 행동을 했다는 건 명백한 사실이다. 어떤 상황에서도 한쪽이 망가져 가는 관계는 절대로 건강한 관계가 될 수 없기 때문이다.

만약 내가 다른 사람이 가진 행복을 좇기보단 어렵

고 힘들어도 내 행복을 찾으려고 깊게 고민했다면 사뭇 다른 결과가 나왔을지 모른다. 오래 고민한 끝에 서로 꼬일 때로 꼬인 이 관계를 끊어내자고 굳게 마음을 먹었다. 넘어지고 부딪혀도 각자의 온전한 삶을 살기 위해.

마침내 2018년 가을, A와의 오랜 인연을 끊었다.

목련꽃 떨어질 때

온전한 내 삶을 살기 위해 오롯이 혼자가 된 후 내가 살아온 삶을 찬찬히 돌아보았다. 영사기의 필름을 거꾸로 돌린 것처럼 살아온 인생이 천천히 되감아 졌다. 희미한 어린 시절의 첫 기억을 지나 오래도록 마음에 남은 기억들은 엄마와의 시간이었다. 엄마와의 시간은 무어라 정의할 수 없는 행복하고도 무거운 날들이었다. 어린 나의 가장 든든한 버팀목이자 비빌 언덕은 엄마뿐이었다. 초등학교 때였을까? 학교에서 놀림을 받고 엉엉 울며 돌아온 날, 엄마는 쓰레빠를 들고 학교에 쫓아가서 애들은 혼내주었다. 어쩌다 내가 크게 잘못해서 호되게 혼이 나도 잠시 후에 엄마는 나를 꼭 끌어안고 달래주었다. 밥투정할 때면 참기름을 휘휘 두른 밥에 빨간 고추장을 쓱쓱 비벼 한 숟갈씩 입에 넣어주었다. 그럴 때면 고추장만 대충 들어간 별것 아닌 밥이 유난히 꿀맛 같았다. 나는 간장 계란밥 보다 이 고추장 밥을 훨씬 더 좋아했다. 입 안이 얼얼하게 매콤하면서 달짝지근한 것이 우리 엄마의 인생과 어딘가 닮아있었기 때문이다. 아쉽게도 짧은 유년 시절이 지난 후부터는 행복하다는 게 뭔지 잘 모르고 자랐다. 특히 이십 대 시절은 내게 유독 추운 한겨울이었다.

스물한 살에 맞이한 엄마의 죽음은 내가 살면서 느낀 가장 큰 상실감이었다. 이제 서야 그게 상실감이구나 하지만 그 당시에는 이름 붙일 수조차 없는 마음에 갈피를 잡지 못했다. 지금도 가끔 아무렇지도 않은 때에 불쑥 엄마의 장례식 장면이 떠오르곤 한다. 나는 스물하나. 오빠는 스물셋. 겨우 스무 살을 막 넘긴 두 남매는 현실을 받아들이지 못했다. 장례식장을 찾아온 오빠의 친구들과 내 친구들은 왁자하게 떠들며 술을 마셨다. 어른들은 주의를 줄 뿐 크게 우리를 나무라지 않았다. "불쌍한 녀석들, 좀 커보면 알겠지…"하는 마음의 소리가 이제야 들렸다.

　돌아가시기 한참 전부터 우리 엄마의 몸은 말 그대로 걸어 다니는 종합병원이었다. 그 시대의 엄마들이 그렇듯 늘 가족이 먼저였다. 당신의 몸과 마음을 돌보는 것보다는 가족의 안위가 더 먼저인 삶. 마음껏 자기 자신을 돌보는 법을 배우지 못한 탓에 마음의 병은 몸의 병으로 나타나기 시작했다. 어느 날 침대에 누워있는 엄마의 뒷모습이 영 평소 같지 않았다. "엄마, 엄마!"하고 불러도 뒤돌아보지 않았다. 엄마를 흔들어 보니 일그러진 얼굴을 하고 어눌한 발음으로 내 이름을 불렀다. 쿵! 하고 내려앉은 심장을 부여잡고 떨리는 손으로 119를 눌렀다. 엄마의 첫 진단명은 뇌경색이었다. 아빠도 오빠도 없던 그 날 119를 타고 가며 떨리던 심정은 아직도 잊히지 않는다. 엄마는 그 이후에도 돌아가실 때까지 여러 병명을 달고 입원과 퇴원을 반복했다. 길게는 몇 달, 짧게는 몇 주를 엄마의 병간호를 했다.

　긴 병에 효자 없다고 했던가. 엄마를 사랑하는 마음

과 병간호에 지쳐가는 마음, 가끔은 친구들과 놀고 싶은 마음들이 한데 뒤엉켰다. 여러 가지 감정이 번갈아들며 마음껏 사랑하지도 그렇다고 마음껏 원망하지도 못했다. 엄마가 그랬듯 나도 내 마음을 마주하는 법을 배우지 못한 채 어린 날을 보내야 했다. 봄바람만 살랑여도 뛰쳐나가고 싶은 나이인데, 병원 창문을 통해 겨우 목련이 피고 지는 걸 볼 수 있었다. 병간호가 힘들다는 생각이 들 때면 더욱 죄스런 마음이 커졌고 그럴수록 착한 딸 이라는 가면을 쓰고 엄마를 더 잘 보살피려고 애썼다. 이따금 철없는 딸 이고픈 순간들이 울컥하고 올라올 땐 애써 목구멍 뒤로 삼켜버렸다. 그 사이 마음 깊은 곳에부터 점점 파란 멍이 번지고 있었다.

어느덧 따뜻한 봄이 되어 목련이 활짝 피어나도 야속하게 엄마의 시간은 겨울을 향해가고 있었다. 언젠가 다가올 죽음을 예상하였다 해도, 막상 코앞으로 다가온 죽음을 대면하는 건 너무나도 무서운 일이었다. 엄마가 중환자실에 입원해 계셔서 면회도 쉽지 않고 엄마의 상태가 언제 어떻게 변할지 모르는 상황이었다. 우리 가족은 중환자실 앞을 초조하게 서성이고 있었다. 그곳은 위태로운 환자들의 가느다란 숨결이 무겁게 고여 있었다. 급하게 집에 다녀올 일이 있어 아빠만 남아 계시고 오빠와 나는 차를 타고 가던 중이었다. 출발한 지 얼마나 지났을까? 핸드폰의 벨 소리가 요란스럽게 울렸다. 갑작스러운 아빠의 전화에 우린 곧바로 차를 돌려 병원으로 향했다. 처음으로 119를 타고 가던 날처럼 쿵 내려앉은 심장을 애써 부여잡고 중환자실로 들어섰다. 예상대로 상황은 좋지 않았다. 다급히 병실에 들어서니 이미 의사의 응급처치가 진행되고 있었다. 심폐소생술. 난생처음 보는 장면이 커다란 공포로 다가왔다. 엄마의 몸은 금방이라도 툭 하고 떨어질 것 같은, 가지 끝에 매달린 목련 같았다. 갑자기 삐– 하는 기계음 소리가 들려왔다. 결국, 엄마는 중환자실에서 그 짧은 생을 마쳤다.

수년이 지나고 〈자전거 여행〉에서 김훈 소설가가 목련을 묘사한 글을 읽고 문득 중환자실의 엄마가 떠올랐다. "목련은 등불을 켜듯이 피어난다. (중략) 그 꽃은 죽음이 요구하는 모든 고통을 다 바치고 나서야 비로소 떨어진다. 펄썩, 소리를 내면서 무겁게 떨어진다."

봄의 끝자락에 떨어지는 목련을 볼 때면 나도 모르게 엄마의 죽음이 겹쳐 보였다. 지금은 잘 볼 수도 없는 목련이지만 흰 등불 같은 꽃이 퍼석하고 떨어지면 나도 모르게 마음이 울컥하고 만다.

엄마가 돌아가시고 나자 목련꽃이 떨어진 정도가 아니라 아예 나무가 뿌리째 뽑힌 심정이었다. 우리 가족을 지켜주던 보이지 않는 벽이 와르르 무너져 내렸다. 하지만 마음껏 슬퍼할 여유도 없었다. 남겨진 이들은 일상을 살아내야 했다. 가난은 지겹도록 따라붙었다. 남은 우리 가족은 낡은 빌라 월세방을 찾아 이사했다. 그나마 엄마가 억척스럽게 모아 마련했던 작은 집은 진작 팔아 엄마 병원비에 보탰다.

끝까지 가족을 놓지 못했던 엄마와 달리, 아빠는 처음부터 가족이 알아서 살아지는 것으로 생각했던 모양이다. 아픈 아내나 자식들에 대한 책임감보다는 자기 자신이 늘 중요했다. 아빠는 술에 취한 날들이 많았다. 낡은 빌라 3층이 방음이 잘 될 리 없었다. 쿵, 쿵, 쿵 하며 올라오는 아빠의 발소리를 1층부터 알아챌 수 있었다. 새벽 무렵 얼큰하게 취해 들어오는 발소리는 공포에 가까웠다. 쿵쿵거리는 발소리가 들려 올 때면 이불을 머리 끝까지 뒤집어쓰고 그 소리를 듣지 않으려고 안간힘을 썼다. 집에 있는 것보다 차라리 밖이 더 나았다. 보지 않는 편이 나았으니까. 당시 오빠는 낮에는 일하고 밤에는 대학에 다녔다. 오빠 역시 집에서 기대할 수 있는 건 아무것도 없었다. 원치 않는 가장 역할을 해야 했고, 일찍부터 스스로 돈을 벌어야 했다. 때때로 아빠의 술주정을 고스란히 받아주며, 아빠를 피해 뛰쳐나간 내가 안쓰러워도 잡을 수 없었다. 오빠 역시 그 긴 시간을 외롭게 버텨내고 있었다. 엄마가 돌아가시고 엉망인 집안에서 믿을 사람은 오빠와 나 둘뿐이었다. 하지만 너무 어려서일까. 서로 깊은 속내를 털어놓기엔 서먹하고 쑥스러워 괜히 툴툴 거리거나 다른 얘기만 했다.

아무런 배경도 없이 사회생활을 시작해야 했던 나는 힘들다는 말조차 나오지 않았다. 엄마의 죽음은 벽이 무너짐과 동시에 나의 방향감각을 상실하게 했다. 대체 어떻게 사는 게 잘사는 건지 알 수 없었다. 자유의 다른 말은 책임이었다. 이십 대의 날것의 자유는 지독한 책임감이 함께 따라붙는다는 걸 몰랐다. 살아내기 급급했던 나는 잘살아가는 일 따위보다 먹고사는 일이 더 급했다. 하지만 나 역시 오빠처럼 대학 졸업만큼은 꼭 하고 싶었다. 재산도 배경도 없는데 대학 졸업장마저 없으면 진짜 사회의 낙오자라도 될 것 같았다. 졸업하려면 어떻게든 끝까지 학교에 다녀야 했고 내겐 성적 장학금이 필요했다. 다행히 여러 학기 장학금을 받을 수 있었는데 기쁘기보다는 마치 고단한 삶의 표식처럼 느껴져서 조금 서글펐다. 아무리 힘들어도 아빠에게는 도와달라고 말할 생각도 하지 못했다. 아빠는 당연히 등록금 같은 건 신경 써 줄 생각이 없었고, 장학금을 받는 게 초등학교 상장을 받는 것처럼 대수롭지 않은 일이라고 여겼다. 그러다 사는 게 너무 지치는 날은 혼자 낡은 빌라 옥상에서 눈물을 삼키며 엄마를 떠올렸다.

A와 뒤얽힌 관계를 잘라낸 후 오랜 시간 매여 있던 과거의 목줄도 끊어버렸다. 그제야 혼자 눈물을 삼키던

지난날의 내가 보였다. 그리고 내 인생의 방향키를 내가 쥐고 가겠다고 마음먹었을 때 내가 왜 방향키를 다른 사람에게 넘겨주었는지부터 곰곰이 되짚어보았다.

난 엄마의 부재와 지독한 외로움을 곱씹으며 과거 속에 매여 살고 있었다. 누가 날 알아주는 것 같다 싶으면 쉽게 마음을 내주었다. 엄마가 돌아가신 후 충분히 슬퍼할 시간을 갖지 못한 채 일단 살아야 했던 게 문제였을까? 사실은 이제 더는 엄마가 없다는 사실도 가난과 싸우는 것도 아득바득 살아내는 것도 모두 이십 대의 나에겐 버거운 일들이었다. 남겨진 슬픔은 바윗돌에 깊게 새겨진 흔적과도 같았다. 세월이 지나 흐릿해지긴 해도 사라지지 않았다. 슬프면 울고 마음이 아프면 병원을 찾아도 된다는 걸 알았다면 슬픔과 죄책감을 조금 덜어낼 수 있었을지 모른다. 하지만 15년 전쯤만 해도 상담을 받거나 정신과 치료를 받는다는 건 여전히 거북한 일이었다. 그저 티 내지 않고 괜찮다고 말하는 게 강한 거라고 착각했었다.

엄마가 병원에 계실 때 병간호보다 더 괴로웠던 건

함께 하는 시간 동안 내게 고스란히 전이됐던 엄마의 은밀한 고통이었다. 아직 채 여물지 않은 몸과 마음을 가진 스무 살 어린 나는, 차라리 몰랐다면 좋았을 엄마의 내밀한 고통까지 모두 떠안아야 했다. 아마 엄마도 내게 감추고 싶었을 여자의 아픔은 몸이 아픈 것보다 더한 고통이었으리라. 끝내 가족을 지켜내기 위해 힘겨운 병과 싸워야 했던 우리 엄마. 그땐 너무 어려 엄마에게 해드리지 못했던 말이 시간이 흐른 지금에서야 차고 넘친다.

사실 엄마와 내가 서로 진짜 듣고 싶었던 말은 "그동안 애썼어."였다.

밀려오는 파도, 인생

살면서 때때로 내가 어찌할 수 없는 일들이 일어난다. 우리 집의 가난이 그랬고, 엄마의 죽음이, A와의 절교가 그랬다. 밀려오는 파도를 내 힘으로 밀어낼 수 없듯이 아무리 노력해도 이미 일어난 일을 내 힘으로 바꿀 수는 없었다. 내가 어찌할 수 없는 파도 같은 일에 시간과 기력을 낭비하는 일을 그만두기로 했다. 과거의 일들을 계속 곱씹으며 불행하게 살아갈지, 그 일들을 발판 삼아 앞으로 나아갈지는 내가 결정할 문제였다.

〈정체성의 심리학〉에서 본 인상 깊은 구절이 있었다. '인간은 시련이 휘몰아오는 상황을 변화시킬 수는 없을지라도 그 시련에 대한 자신의 태도를 선택할 수는 있음을 피력하였다.'라는 문장이다. 내가 겪은 불행들은 오랜 시간 목줄이 되어 나를 붙들어 둔 괴로운 기억들이었다. 하지만 시간이 지나 그 일들을 어떻게 받아들이고 판단할지는 내가 선택할 수 있는 문제였다. 나는 쏟아지는 햇빛을 막을 수 없다. 갑자기 몰아치는 폭풍을 멈추게 할 수도 없다. 일찍이 시작된 우리 집의 가난도 막을 수 없었다. 천천히 진행된 엄마의 죽음도 멈출 수 없었다. 내가 어찌할 수 없는 일에 상처받았던 날 보다 앞으로 살아갈 날에 집중하는 선택을 할 수 있다는 걸 알았을 때, 나는 속으로 너무 감사했다. 수많은 날을 내 탓과 남 탓을 하며 사느라 괴로웠는데 그 어찌할 수 없는 일은, 내 잘못도 네 잘못도 아니었기 때문이다. 이제는 그 괴로움에서 벗어날 수 있는 길이 있었다. 바로 내가 어떤 선택을 하느냐, 단지 그뿐이었다.

내게 일어난 일을 무조건 긍정적으로 생각한다고 해서 모든 일이 한순간에 전부 마법처럼 해결되는 건 아니었다. 좋은 날도 있었지만, 그보다 더 자주 우울하고 슬픈 날도 많았다. 과거의 일을 좋게 보려 마음먹어도 한순간에 마음이 짠하고 바뀌는 것도 아니었다. 살아가는 건 현실이기에 해결해야 할 일은 끝도 없이 많았다. 나는 여전히 돈을 벌어 먹고살아야 했고, 망한 공방을 정리해야 했다. 내가 모르는 세무적인 업무를 꾸역꾸역 해내고 늘어난 빚도 갚아야 했다. 예전 같으면 몰아치는 현실에 좌절하고 또 도망치려 했을지 모른다. 하지만 내가 지금 할 수 있는 일에 초점을 맞추려고 노력하자 현실도 조금씩 바뀌어 가는 게 느껴졌다.

나는 가난했기에 스스로 돈을 벌고 자립해 살아갈 용기가 생겼다. A와의 절교를 통해 비로소 스스로 삶을 꾸려나갈 힘과 방향성을 찾았다. 내가 상처라고 생각했던 일들은 차곡차곡 인생의 거름이 되었다. 내 삶을 통제할 수 있게 되자 비로소 마음 한 귀퉁이에서 조금씩 새어 나오는 행복을 느낄 수 있었다. 나는 지금도 가끔 힘이 들거나 흔들리는 날이 오면 〈평온을 비는 기도〉를 떠올린다. "주님, 제게 제가 바꿀 수 없는 것을 받아들이는 평온을 주시고, 바꿀 수 있는 것을 바꾸는 용기를 주시고, 그 차이를 아는 지혜를 주소서."

사는 게 힘들어도 다시 힘을 내려 안간힘을 쓰고 버텨 냈던 마지막 이유는, 우리 엄마였다. 사람이 살아야 할 이유를 알면 쉽게 무너지지 않는다. 혹 좌절하더라도 그 안에서 새로운 의미를 발견하고 곧 털고 일어설 힘을 얻는다. 오랜 시간 엄마에 대한 죄책감을 끌어안고 살았지만 어린 날 엄마와 나누었던 짧은 행복 덕분에 다시 무언가를 할 힘을 낼 수 있었다.

나는 이십 대 시절을 보내며 종종 '엄마처럼은 절대 안 살 거야.' 다짐하곤 했었다. 그렇게 많이 아플 거라면 차라리 홀가분하게 혼자 모든 걸 버리고 사는 게 낫지 않았을까? 하는 생각을 참 많이도 했었다. 내가 보기엔 사랑을 퍼주기만 하고 보답은 받지 못하는 안쓰럽고 서글픈 인생이었으니까. 하지만 그건 내가 짐작할 수 없는 당신의 목련처럼 고결하고 귀한 인생이었다. 엄마가 끝까지 우리 엄마의 자리에 있어 주는 선택을 했기에 우리 가족이 지금껏 살아갈 수 있었다. 엄마의 부재는 내게 너무 큰 상실을 남겼지만 나는 감히 하지 못할 고귀한 사랑이 나를 다시 일어서게 해주었다.

옳은 길? 나의 길!

가랑비가 조금씩 내리던 어느 날이었다. 고단한 퇴근길에는 이미 까맣게 어둠이 내려앉았다. 신호등이 빨간불로 바뀌고 브레이크를 천천히 밟으며 멈춰 섰다. 빗소리는 투둑 툭, 하고 자동차 지붕을 울리고 그 지루한 시간을 때우려고 라디오를 틀었다. 이런저런 사연이 나오다가 누군가의 신청 곡이라며 잠시 후 윤종신의 〈지친 하루〉가 흘러나왔다.

> 믿어준 대로 해왔던 대로 처음 꿈꿨던 대로
> 오늘 이 기분 때문에 모든 걸 되돌릴 수 없어
> 비교하지 마 상관하지 마 누가 그게 옳은 길이래
> 옳은 길 따위는 없는 걸 내가 걷는 이곳이 나의 길

마지막 가사를 듣는데 눈물이 찔끔 나올 뻔했다. 가끔 누가 나한테 이런 말 한마디 해주면 참 좋겠다 싶을 때 어디선가 그 말이 들려온 경험이 한 번쯤 있을 것이다. 그것은 라디오에서 갑자기 흘러나온 노래 가사일 수도 있고 별생각 없이 펼친 책 속의 한 구절일 수도, 딱히 친하지 않은 지인의 한 마디 일 수도 있다. 하루를 살아내는 게 신산한 사람들은 안다. 누군가 툭 던진 한마디에 맥없이 무너져 내리는 마음을. 그날 아무도 없는 차 안에서 빗소리와 함께 들었던 마지막 소절이 오래오래 마음에 맺혔다.

그 노래를 신청했을 누군가도 괜찮다고, 잘 가고 있다는 말을 듣고 싶었을까? 힘들거나 괴로워도 남들과 비교하지 않고 묵묵히 내 길을 가는 사람들. 그건 좋고 나쁨, 옳고 그름의 구분이 없는 일이었다. 비교할 무언가가 없어지니 초라할 일도 우쭐할 일도 없었다. 남들과 똑같은 길은 아닐지라도 내 길을 걸으면 그뿐이었다. 남들처럼 잘살지 못하는 것 같아 불안한 내게 이 가사 몇 줄이 몹시도 위안이 되었다. 어느 길로 가야 할지 몰라 막막한 삶이었지만 어느 길도 딱 떨어진 정답은 아니란 사실이 내게 위로가 되었다.

　지난 내 삶은 나보다 타인의 욕망으로 가득했다. 내가 진짜 원하고 좋아하는 게 아닌 남들이 보기에 그럴 듯한 길을 가면서 안도했었다. 어릴 때부터 지겹게 듣던 말들이 있다. 모두가 짠 것처럼 공부 열심히 해서 대학가고, 좋은 직장 얻고, 때 되면 결혼해서 애 한둘 낳으면 저절로 행복해진단다. 늘 행복은 저 산 너머에 있어 잡히지 않는 뜬구름 같았다. 다른 사람처럼 살지 않으면 별난 사람 취급을 받거나 어디가 모자란 사람 취급을 받기 일쑤다. 〈지친 하루〉의 노랫말처럼 옳은 길 따위는 처음부터 없었다. 가고자 하는 길이 평탄하지 않을 수 있고 원하지 않던 길일 수도 있다. 하지만 옳고 그름이 아닌 그저 다른 방향 일뿐이다. 살아가는데 어떤 선택을 해도 후회와 미련이 남게 마련이다. 가지 않은 길이 더 좋아 보이고 남들이 가는 길을 따라가는 게 더 편해 보인다. 광고인 박웅현 님은 〈여덟 단어〉에서 이렇게 말했다. "어떤 선택을 하고 그걸 옳게 만드는 과정에서 제일 중요한 건 뭐냐, 바로 돌아보지 않는 자세입니다." 일단 선택을 하고 내가 한 선택을 최선의 선택으로 만들면 된다고 한다. 다른 사람의 의견은 참고하면 된다. 결국 그 선택을 책임지는 건 누구도 아닌 나뿐이다.

라디오에서 흘러나오는 노랫말에 울컥했던 건 제일 인정하고 싶지 않았던 초라한 내 모습이 더욱 초라하게 느껴져서였다. 볼품없는 나, 내세울 것 없고 어느새 서른을 훌쩍 넘긴 나이. 아무것도 남지 않은 나. 내 현실을 자각하고 나니 너털웃음이 나왔다. 하지만 초라하고 볼품없다는 건 대체 누가 정하는 걸까?

남들처럼 안정되고 탄탄한 직업을 가진 것도 아니고 결혼해서 단란한 가정을 꾸린 것도 아니다. 그렇다고 내가 잘못된 건 아니었다. 가정과 아이가 주는 행복은 어느 것과도 비교할 수 없겠지만 혼자라 해서 결코 불행한 것은 아니다. 나는 많진 않아도 적당히 돈을 벌고 있고 하고 싶은 일을 종종 하며 지낸다. 읽고 싶은 책을 골라 읽으며 어느 때 보다 재미를 느끼고, 어느 날 마음이 당기면 붓을 꺼내 그림을 그린다. 오늘처럼 내 마음을 꾹꾹 눌러 담아 글을 쓰기도 하고 몸이 찌뿌둥하면 가볍게 운동을 한다. 사랑하는 남자친구와 데이트를 하거나 혹은 답답한 마음이 생기면 혼자 훌쩍 바람을 쐬러 떠난다. 혹 나이를 더 먹어 외롭다고 느껴도 그건 그때 또 다른 해결책을 찾을 거라는 자신이 있다. 이처럼 내가 느끼는 아주 사적인 행복이 남들과 날 덜 비교하게 만들어주었다. 내 하루들을 어떻게 꾸려갈지 온전히 내가 결정할 날들이 많다는 것이 내겐 행복이다.

마당에 피어난 행복

　　베이킹 공방을 모두 정리하기로 했을 때 내게 필요한 건 기본기라고 생각했다. 어설프게 빵을 시작하긴 했지만 할 줄 아는 게 아무것도 없었다. 그래서 용기를 내어 어느 빵집의 말단 사원으로 입사했다. 나이만 먹었지, 현장에서는 가장 초짜였다. 사장이고 뭐고 겉멋 든 마음을 버리고 밑바닥부터 기초를 배워나가기 시작했다. 비록 남들이 보기에 내 모습은 초라해 보일지 몰라도 이상하게 어느 때 보다 마음은 편했다. 나는 조금 더디더라도 마음이 평온한 삶을 살고 싶었다. 이제 다른 사람들의 기준은 내게 크게 중요하지 않았다. 꼭 누가 보기에 좋은 직장이 아니더라도 서른을 훌쩍 넘긴 노처녀여도 나는 멀쩡히 살아가고 있었고 심지어 행복했다. 더불어 내 삶의 주도권을 쥔다는 것이 살아가며 강력한 무기가 될 수 있다는 걸 깊게 마음에 새겼다. 행복하기로 했다고 해서 성공을 포기한다는 의미는 결코 아니다. 아무 목적도 없는 성공보다 내 삶에 뭔가 의미 있는 성취를 얻는다면 그걸로 충분히 행복하다.

우리는 어릴 때부터 행복을 미루는 걸 너무나도 당연하게 받아들이며 살았다. 언젠가 때가 되어 성공하면 파랑새 같은 행복을 잡을 수 있을 거라 여기고 살아왔는데 시간이 지나고 지나도 행복은 손에 잡히지 않았다. 늘 먼 미래의 행복을 좇았지만, 현재는 불안했고 과거는 후회스러웠다. 그러다 문득 '혹시 지금이 가장 행복한 때가 아닐까?' 하는 물음이 떠올랐다. 행복이 평범하게 사는 지금 모습에 있다는 것을 알게 되면 그것을 인정하는 것이 무척 두려워진다. 겨우 이런 소소한 즐거움이 행복이라니 그동안 내가 믿어왔던 건 도대체 뭐지? 그런데 오랜 세월을 살아온 분들을 보면 종종 그런 이야기를 하신다. "아, 그때 참 좋았지." 참 옳은 말이다. 내 인생은 늘 좋았는데 나만 그걸 모르고 있었다.

빵집 막내로 일하며 첫 휴일을 맞이한 어느 초봄이었다. 햇살 좋은 평일 오전, 한적한 커피숍에 앉았다. 신선한 샐러드와 따뜻한 빵 위에 얹힌 해시 브라운 그 위에 달콤새콤한 소스가 있고 마지막으로 수란이 올라간 브런치를 주문했다. 깊은 커피 향에 몸도 마음도 나른해졌다. 테이블 위에는 읽고 싶던 책이 놓여있고, 창밖에는 햇살과 함께 이름 모를 풀들이 흔들거렸다. 단 한 번도 여유로운 휴일을 맞이해 본 적 없던 내게는 처음 느끼는 풍성한 여유였다. 곰곰이 생각해보니 자신을 너무 다그친 하루하루를 살아온 것 아닌가 하는 생각이 들었다. 누군가에게 의지하고 먼 곳에서 행복을 찾으려고 한 원인을 찾아 분석하고 해결하려고만 했다. 그런데 그냥 처음으로 하루를 몽땅 누려보았다. 그러면서 스스로 이런 말들이 떠올랐다. '아이고, 그래, 되게 힘들었지. 맞아.' 누가 시키지도 않았는데 내가 듣고 싶었던 말을 내게 해주었다. 얼어붙은 마음이 스르륵 녹아내렸다. 나는 아주 극적으로 내가 눈물이라도 펑펑 쏟을 줄 알았다. 하지만 내가 느낀 건 그저 평온함이었다. 아무것도 더 바랄 것 없는 봄날의 평온함.

나는 이제 내게 불어올 순풍을 어느 때 보다 기다리고 있다. 이리저리 휩쓸리지 않고 순풍에 몸을 실어 멀리 나아가기 위해서. 사늘한 봄바람이 가볍게 불어왔다. 나는 테이블 위에 책을 들어 중국의 옛 시를 읽었다.

하루 종일 봄을 찾아다녔으나 보지 못했네
짚신이 닳도록 먼 산 구름 덮인 곳까지 헤맸네
지쳐 돌아오니 창 앞 매화향기 미소가 가득
봄은 이미 그 가지에 매달려 있었네.

아주 먼 산꼭대기에 걸려 있을 것 같던 행복은 이미 우리 집 마당에 걸려있었다. 너무 멀리서 행복을 찾았는데 실은 아주 가까운 내 옆에 행복은 늘 있었다. 날 선 겨울바람이 잦아들고 언 땅이 녹을 때쯤 매화는 한껏 움츠렸던 봉우리를 수줍게 편다. 앙상한 나뭇가지만 남은 나무가 겨우내 이듬해 봄을 준비하듯이 춥고 매서운 바람이 불어도 일단 살아볼 만한 세상이다. 영영 오지 않을 것 같던 봄도 언젠간 반드시 오니까.

에필로그 : 당신만의 행복한 인생 이야기

　　인생이 과연 늘 기쁘고 좋기만 할 때가 있을까? 불행이 몰려온다고 생각하던 이십 대에는 기쁘고 좋은 일이 곧 행복이라고 여기던 날들이 있었다. 슬픔과 괴로움은 절대로 겪고 싶지 않은 감정이며 경험이었다. 하지만 인생의 시련은 불쑥 예고 없이 찾아왔다. 중요한 건, 인생의 시련은 우리가 어찌할 수 없이 일어난다는 사실을 알아차리는 것이다. 시인 박노해 님은 "삶은 최고와 최악의 순간들을 지나 유장한 능선을 오르내리며 가는 것"이라고 썼다. 최고의 순간이 있으면 어찌할 수 없는 최악의 순간이 있기 마련이다. 그렇기에 살아간다는 것은 능선을 오르내리며 매일 새로운 이야기를 써 내려가는 일이다. 최악의 순간을 지날 때를 내가 어떻게 해석하고 어떤 의미로 남기느냐에 따라 이야기의 흐름은 무척 달라진다. 행복한 인생 이야기는 결국 최고와 최악의 순간이 균형 있게 잘 엮인 이야기라고 할 수 있다. 매 순간 흔들리는 삶을 살아도 내 인생을 사랑할 수 있었던 건 이야기를 쓰며 내가 추구하고 싶은 삶의 가치를 발견했기 때문이다.

나는 얼마 전 다니던 직장에서 해고당했다. 하루아침에 잘렸으니 당연히 억울하고 화가 났다. 갑작스러운 통보에 정신이 멍했지만 이미 일은 벌어졌고 수습할 수 없는 지경이었다. 나는 벌어진 일을 억울해하며 전전긍긍하기보다 내가 할 수 있는 일에 초점을 맞췄다. 그리고 쉬어가고 싶지만 먹고 사느라 차마 용기가 나지 않던 차에 쉬어갈 수 있음을 감사했다. 그 덕분에 나는 집중해서 글을 쓸 수 있었고 이렇게 책을 쓸 수 있었다. 덤으로 마음의 평온과 몸의 건강을 되찾았다. 앞으로 먹고 살 일이 불안하지만, 한편으론 어떤 인생을 살지 기대된다. 막상 현실에 부딪히면 내가 믿던 인생의 철학이 쓸모없는 경우도 있다. 하지만 아주 사적인 행복과 불행을 담은 인생 이야기를 써 내려가며 어느 상황에서든 나를 지탱해 줄 가치를 발견했다.

나는 언제든 행복을 선택할 수 있고, 행복은 결코 멀리에 있지 않았다. 또한 책을 읽고 글을 쓰며 스스로 많은 위로를 받고 깊었던 상처가 아물어가는 것을 몸소 느꼈다. 특히 이 책을 쓰는 동안 덮어두고만 싶었던 나의 불행을 정면으로 마주 보았다. 그래서 혹시 지금 인생의 모든 불행을 안고 있을 누군가가 있다면 감히 조심스럽게 위로를 건네고 싶다.

충분히 슬퍼해도 좋다고. 참 애썼다고.

"

밀려오는 파도를 내 힘으로 밀어낼 수 없듯이
아무리 노력해도 이미 일어난 일을 내 힘으로 바꿀 수는 없었다.
내가 어찌할 수 없는 파도 같은 일에
시간과 기력을 낭비하는 일을 그만두기로 했다.
나는 언제든 행복을 선택할 수 있고,
행복은 결코 멀리에 있지 않았다.

강수린

 용서가 쉬워지는 나이 50대 전업주부로 빛나는 세 개의 보석인 아이
들이 행복이며 사춘기 딸과 여전히 전투 중인 보통의 엄마입니다.
 살면서 가장 잘한 일이 엄마가 된 것이고 좋아하는 커피와 독서,
그림, 글쓰기를 즐기며 하루를 빛나게 살고 있습니다.

거기! 그곳에 답이 있었다

· 우리의 갱춘기를 지나며 ·

프롤로그

우리는 살면서 다양한 성장통을 겪는다. 초경, 사춘기, 갱년기 다양한 단계를 넘을 때마다 몸과 마음이 성숙해진다. 현재 우리 딸은 지독한 사춘기를 나는 갱년기와 사투 중이다. 이 책은 만만치 않은 성격의 아이가 사춘기를 겪어내며 갱년기 엄마와 서로를 바라보는 이야기를 담았다. 칼날 같은 일상의 감정들을 사랑과 노력으로 변화시켜 나갔던 날들을 차곡차곡 모았다. 힘들기만 했던 지난날들을 돌이켜보니 내가 찾아 헤매던 답은 이미 그곳에 있었다. 항상 우리가 서로 마주하는 그곳에 답이 있었다. 언젠가 우리 딸도 나와 같이 갱년기를 겪을 날이 올 것이다. 내가 글을 쓰며 너를 이해할 것처럼, 나를 이해하는 날이 되기를 바라고 바라본다.

사춘기와 갱년기 누가 더 아플까? 고통은 이해와 노력에 비례하기에 우리의 갱춘기를 위하여 오늘도 파이팅! 을 외친다.

왜 이제 깨워? 쾅!!

　"7시에 깨우라고 했는데 왜 안 깨웠어~? 8시가 넘었잖아~" 목청이 터질 듯 소리를 지른다. "깨웠는데 네가 못 일어난 거야~" 그 순간에는 내 의지와 상관없이 목소리가 덩달아 커진다. 매번 정해진 순서처럼 어김없이 발을 동동 구르며 "됐어! 쾅!" 부서지듯 방문을 닫고 들어가 버린다. 처음 일도 아닌데 그때마다 무방비 상태에서 폭행을 당하는 것처럼 아프고 어이없고 화가 난다. 오늘도 극심한 두통으로 하루를 시작하게 되나 보다. 내 두통 유발자! 그는 자칭 사춘기라고 말하는 막내딸이다.

　마흔의 늦은 나이에 임신은 나 자신이 스스로 감당하기 힘든 시련의 시간이었다. 그때 난 고등학생인 두 아이의 엄마였고 평탄치 않은 가정생활로 힘겹게 하루하루 견디며 살고 있었다. 생각지 못한 임신으로 인한 삶은 매 순간 결핍과 상실감으로 휘청거리는 자책의 시간이 되었다. 정신적, 육체적인 자신의 학대는 결국 조기 출산으로 이어졌고 7개월 만에 나는 막내딸의 엄마가 되었다. 그렇게 축복받지 못한 출산은 가족 모두에게 불편하고 고통스러운 시간의 시작이 되었다. 그땐 그렇게 생각했다.

가끔 소란스러운 아침을 시작으로 온종일 막내딸과 함께하는 시간이 집이라는 감옥에서 억울한 고문을 당하는 것처럼 생각될 때가 있다. 무조건적인 이해를 바라고 요구하는 사춘기의 정점에 있는 막내딸과 함께 나는 자신조차도 자신의 감정을 받아들이지 못해 괴로워하고 몸부림치는 갱년기를 지나고 있다. 이로 인해 이해하지 못한 서로의 삶의 방식으로 쏘아대는 시선의 화살로 집안 곳곳에는 매 순간 팽팽한 긴장감이 맴돌고 있다. 우리의 일상은 서로에게 사소한 것이 싸움이 되기도 하고 어쩌다 가끔은 즐거운 수다가 되기도 한다. 종잡을 수 없는 감정의 소용돌이 속에서 자주 전쟁 같은 하루를 보내는데 그럴 때마다 나는 코너에 몰려 일방적으로 패자가 되곤 한다. 중학교 1학년을 마치고 자퇴를 한 막내딸은 교복을 입지 않은 지 벌써 2년째이다. 그런 막내의 일과는 밤새 휴대폰과 친구하고 아침에 잠이 든다. 저녁이 되면 폐인처럼 모습을 드러내고 식탁에서 멍한 시간을 보내면서 먹이를 기다린다. 17년 동안 함께 우리 집에 사는 고양이 캐서린과 별다른 것이 없는 생활이다. 굳이 차이가 있다면 캐서린은 내게 반항 대신 애교와 사랑으로 일관한다는 것이다. 매일 이런 모습을 지켜보는 힘겨운 마음이 이젠 담담해질 때도 됐는데 감정의 근육은 잘 훈련되지 않는 것 같다. 여전히 암울하고 힘든 시간이다.

막내가 학교를 그만둔 그때 나는 교복을 입고 다니는 학생들을 보면 울화가 치밀고 속상한 마음에 나 자신에게 화풀이라도 하듯 일그러진 표정으로 말을 잃었다. 어쩌다 둘이 외출이라도 할 때면 사람들은 수업 시간일 때 돌아다니는 아이가 궁금했던지 "몇 학년이야? 오늘 학교 안 가니?"라는 말로 나를 난처하고 속상하게 했다. 그때마다 아~ 네! 대충 얼버무리거나 중2예요 라고 대충 짧게 말하고 서둘러 그 자리를 떠난다. 그런 날이면 어김없이 막내는 내게 쏘아붙인다. "왜~? 내가 그렇게 부끄러워? 학교 그만둔 것이 그렇게 창피한 일이야?" 라며 내가 자퇴의 원인 제공자인 것처럼 울분을 토했다. 울분의 주체가 무엇인지 이해할 수가 없었다. 학교를 그만둔 사실을 숨기고 싶은 엄마의 태도인지, 자퇴에 대한 자신의 현실적 서글픔인지.

우리나라 교육부에서는 중학교도 의무교육이라서 자퇴하면 학생은 [정원 외 관리대상]이 된다. 관리 차원에서 학교는 첫 한 주일 동안은 한 번씩, 시간이 좀 지나서는 매달 전화로 아이의 생활상태를 확인한다. 부모, 아이 둘 다 통화가 되어야 한다. 혹시 발생할 수 있는 방임이나 학대 여부를 체크하는 듯했는데 확인 전화가 올 때마다 아이가 통화를 거부해서 나를 곤란하게 했다. 담당자는 아이와 함께 있지 않고 아이의 소식을 모르는 상태라면 경찰서에 신고해야 한다며 본인이 곤란하다고 하소연을 한다. 나는 죄송하다는 말로 일관할 수밖에 없었고 꼭 통화를 해야 한다는 전화기 너머의 담당자한테 마음속으로 '통화를 하지 않겠다고 거부하는데 강제로 어떻게 하냐고요'라고 그때마다 무언의 신음을 내고 있었다. 그 당시 전화기에 〈관리 대상 담당〉이라고 저장해놓은 통화가 내겐 극심한 스트레스였다. 하루라도 빨리 그 시간에서 벗어나고 싶었다. 사실확인전화가 걸려올 때마다 나 자신이 부끄럽고 모자란 부모라는 것을 일깨워주는 것 같아서 자책감으로 괴롭기도 했다.

1년의 세월이 지나고 중, 고등검정고시 합격으로 [정원 외 관리대상]이라는 불편하고 힘든 상태를 벗어날 수 있게 되었다. 지금은 수능시험 준비를 하고 있다. 요즘 막내는 오전 9시부터 저녁 9시까지 학원에서 시간을 보낸다. 그 시간 동안 나는 자유의 몸이 되었다. 나만의 자유시간! 이런 시간이 얼마 만인지, 처음엔 하루가 너무 길게 느껴졌다. 가끔 꿈같이 자유로운 시간이 너무 적막해서 불안하기조차 했다. 그러나 처음으로 갖는 자유로움이 너무 과분 했던 걸까? 한 달간의 짧은 행복을 끝으로 내 안에 잠재된 우울증이 터져버렸다. 어쩌면 이 우울증은 그동안 딸의 사춘기가 무서워서 감히 밖으로 나올 생각조차 못 했다가 안도와 편안함을 기회로 내게 왔는지도 모른다. 내가 자유로움과 우울증으로 혼돈의 문 앞에 서 있는 동안에도 다행히 막내는 어떤 것에도 개의치 않는 듯 학원 생활에 열중했다. 뭐든 열성적인 아이는 다시 학습의 즐거움에 빠졌고 난 우울증과 고군분투하며 나의 자유로움을 위해 노력하며 적응 중이다. 이제는 가끔 오랜만에 만난 지인들이 "막내딸 중3이지? 잘 지내지?"라고 물으면 비겁하게 얼버무리지 않고 지금의 아이 상태를 말하게 되었다. 아이의 판단을 믿어주고 이해하는데 1년이라는 이해와 갈등의 시간이 필요했지만, 지금은 자퇴가 말 못 할 만큼 부끄럽지 않고, 교복 입은 학생이 불편하지 않다. 이렇게 담담해진 내 마음처럼 딸아이도 그러면 얼마나 좋을까. 하지만 조울증을 방불케 하는 아이의 감정 기복은 여전하다. 폭풍 전야의 날들이 이어지지만, 비가 내리고 해가 찾아오는 것처럼, 우리 관계도 언젠가 그럴 수 있겠지. 나는 오늘도 이렇게 마음을 또 비워본다.

학생증? 저는 그런 것 없는데요?

　　학교 밖 청소년에게는 학생증이 아닌 청소년증이 있다. 하지만 이러한 사실을 아는 사람은 많지 않다. 외부 활동을 할 때나 통장 개설 혹은 전시 관람 시 당연하게 학생증을 요구하는 사람들에게 막내딸을 외친다. "학생증이요? 그런 것 없는데요?" 왜 꼭 학생증이라고 단정 짓는지 신분증이라고 물어보면 될 터라면서 인상을 찌푸리며 투덜거리곤 한다. 그때 막내의 소속 명칭은 [학교 밖 청소년]이다. 학생증 대신 [청소년증]이 발급되는 공식적인 [학교 밖 청소년]이라는 명칭이 나는 맘에 들지 않았다. 왠지 문제 있는 학생이고 학교라는 틀에서 완벽하게 배제되었고 어디에도 자리가 없는 듯 느껴져서 초라하고 서글픈 마음이었다. 그 서글픔이 공존하는 곳이 막내딸의 자리가 되었다. 내게는 자퇴와 학교 밖 청소년이라는 말이 가슴 아픈 상처일 때가 있었다.

초등학교를 졸업하고 자기 주도적 생활과 자유로운 사고방식 속에서 자란 막내는 자발적 학습, 열린 학교라 생각했던 기숙대안학교 학생이 되었다. 나 역시 열린 교육을 지향했고 막내의 사고와 결정을 지지했다. 막내는 중고통합 학년 20명씩인 작은 숲속의 학교생활을 하며 금요일엔 집으로 월요일엔 학교로 오가는 생활로 우리는 주말 가족이 되었다. 아이는 학교생활에 만족하고 충실했으며 나는 부모와 교사 학생이 함께하는 운영방침에 신이 나서 초등시절처럼 다시 열성 엄마가 되었다. 초등학교 때보다도 참여, 행사가 많아서 부모와 함께하는 캠핑, 세미나 등의 일로 왕복 5시간 거리의 학교를 오가는 수고로움도 기꺼이 즐길 만큼 나는 극성 학부모가 체질이었다.

주말에는 막내딸과 다정하게 행복한 시간을 보냈고 월요일엔 애틋한 마음으로 일주일 지낼 짐을 챙겨 보내고 금요일에는 반가운 포옹으로 맞이했다. 막내는 학교의 유기농 식단에 불만이 있고 패스트푸드에 목마른 아이처럼 주말마다 집으로 돌아올 때 도착하자마자 먹을 수 있도록 피자 치킨을 주문하는 잔꾀가 생기기도 했다. 그리고 일주일 동안의 학교생활을 참새처럼 재잘거리며 자세히 얘기해 주었고 그 얘기들은 마치 내가 학교에 다니고 있는 착각이 들 정도였다. 학교 정자에서 살다시피 하는 [백설기]라는 하얀 길고양이의 일상을 다 알고 있을 정도이다. 얘기를 들을 때마다 내 머릿속에 학교생활이 그림처럼 펼쳐지고 그 안에서 지내는 아이 모습을 상상하는 것은 즐겁고 행복한 시간이었다. 막내의 학교생활이 즐겁고 행복했다는 것은 그즈음 아이가 쓴 도서 리뷰에서도 알 수가 있었다. 〈산책을 듣는 아이〉 리뷰 공모전에 당선된 글이기도 하다.

〈산책을 듣는 아이〉 - 아이가 쓴 리뷰 -

내가 아는 산책은 여유로운 시간에 공원이나 산길을 걸으며 생각하는 것이었다. 그런데 이 책의 제목처럼 듣는 산책도 있다는 사실을 알게 된 것이 기쁘고 마음이 따뜻해지는 기분이다. 중학교 1학년인 나는 주5일을 학교 기숙사에서 지낸다. 큰 도로에서 가까운 자그마한 동산 같은 느낌의 작은 숲 같은 곳이다. (중략)

기숙사의 아침은 단체산책으로 멀지 않은 산 정상을 다녀오는 것이다. 나는 단체로 산책하는 것보다는 생각이나 상상을 즐겨서 혼자 걷는 것을 좋아한다. 장난스럽고 시끄럽게 노는 친구들을 피해 나무 그늘 벤치에 앉아 있거나 숲길을 걸으면서 많은 것을 상상한다. 상상은 나를 자유롭게 해주고 무엇이든 될 수 있고 무한하기 때문이다. 숲길에서 만나는 바람 낙엽 풀냄새 길고양이 나뭇가지 사이로 보이는 하늘 새소리는 내 상상 속 이야기와 함께 주인공이 되고 친구가 된다. (후략)

생각이 사람을 얼마나 자유롭고 행복하게 하는지 나는 잘 알고 있다. 나의 산책길에서 만난 숲 나무 새 고양이도 매일 나처럼 행복해지고 성장하겠지? 앞으로 5년 동안 이 길의 나의 산책은 사색하고 이해하고 행복할 수 있는 여유를 가지며 계속될 것이다. 그러나 막내의 학창 시절의 행복은 오래 가지 못했다.

용서? 정신과? 말도 안 돼요

　1학년 겨울이 시작될 무렵 싱그럽고 해맑게 조잘거리던 아이의 말수가 줄어들기 시작했다. 주말에 집에 있을 때도 종일 방에만 있다가 학교로 돌아갔고 좀처럼 아이의 웃는 얼굴을 볼 수가 없었다. 어떤 문제가 있다는 것을 짐작했지만 잘 포장된 아이의 행복한 공간에 무엇이 나올지 확인하는 것이 두려웠고 그 막연한 두려움이 아이를 어떻게 변하게 할지 무서운 마음이 들어서 망설이고 있었다. 그 시간 동안 막내는 홀로 사춘기의 소용돌이 속에 갇혀있었던 것 같다. 부모와의 관계에 따라 긍정적이거나 부정적으로 성장할 수도 있는 자기통제 능력을 만들어 사고하는 뇌를 만들어가는 시기라고 하는 사춘기! 돌이켜보면 그 외롭고 어두운 시간의 시작을 기숙사에서 지낸 아이가 안쓰럽고 가여운 생각이 든다. 그 혼돈의 시간에서 아이에게 인생의 변환점이 되는 사건이 발생했다. 단어조차 섬뜩한, 아이를 상대로 일어난 성 드립(*즉흥적 성 농담) 사건! 이다.

어린 시절부터 막내는 옳고 그름이 명확하며 유쾌한 아이였다. 타인의 말이나 시선에 개의치 않는 성격이었다. 그런 성격을 가진 막내가 자신을 상대로 벌어진 성 드립 사건을 파헤치면서 상처받고 자신의 진로까지도 다시 결정짓는 일이 되었다.

아이는 1학년 겨울방학을 앞두고 남학생 기숙사에서 자신을 대상으로 발생한 성 드립이 유행처럼 퍼진 것을 알게 되었다. 아이를 향한 저속한 언어들은 지속해서 1년간 유령처럼 떠돌았고 1년 동안 만족하고 행복한 시간을 보내는 동안 보이지 않게 검은 연기로 피어 아이도 모르게 주변을 어두운 기운으로 물들이고 있었다. 아이는 소문의 근원을 알아내는 과정에서 전교생이 알게 되고 성적 놀림의 말을 거침없이 표현하는 몇몇 학생들을 보면서 더 큰 상처를 받기도 했다. 감당하기 힘든 상태가 되고 학생부에 해결, 처분을 요청하고 그 과정에서 가해 부모와 피해 부모 출석을 요청했는데 막내는 내게 전화 통화로 오지 말라고 했다. 자신이 해결할 시간을 달라고 한다. 어른들끼리의 적당한 타협이 이루어질까 봐 미리 방어 했던 것 같다. 나는 막내의 의견을 존중하고 스스로 해결해 나가도록 학교에 내 생각을 전달했다. 조사 결과 3명의 가해 남학생에게 사과하라는 학교의 가벼운 처벌 결과는 막내의 가슴속 울분을 터트리게 했고. 아이는 처분 결과에 거부하고 선배 여학생들 동참으로 처벌 서명운동, 대자보를 붙이는 일로 확산하였다.

소문의 소문으로 사건이 학교 밖으로 알려지고 학교에서는 사과를 받아주고 마무리하자고 종용하자 아이는 "용서는 요구하는 것이 아닙니다. 잘못한 만큼 처벌해주세요"라는 주장으로 가해자들은 한 달의 징계를 받았고 그 사건을 계기로 학교에는 올바른 언어, 올바른 성에 관한 교육프로그램이 개설되었다. 하지만, 그 사건은 당돌하다고 수군거리는 일부 어른들과 친구들 그리고 학교의 문제해결 방식에 실망한 아이에게는 큰 상처로 남았다.

사춘기가 시작되는 그때 사건은 막내의 성격을 우울함과 소심함으로 변화시켰다. 주말에 집에 있을 때도 예전처럼 환하고 밝은 미소를 볼 수 없었고 아이는 사춘기의 딜레마인 까칠함 무례함 자율성 의존성 '나는 다 컸고 모든 걸 다 알고 있다.'라고 소리 없는 아우성으로 온 집안을 회색으로 물들이고 있었다. 항상 열려 있던 막내딸의 방문은 그 이후로 굳게 닫히고 열리지 않는 돌문이 되어 버린 듯했다. 난 해바라기 되어 '열려라. 참깨'를 외치며 매일 아이의 방문 앞에서 기도했다. 하지만 응답 없는 기도가 되고 나 홀로 외침은 높은 벽으로 막힌 듯 근접할 수 없는 막막한 절망감으로 물든 시간이 되었다. 아이를 대하는 방법에 내가 무지한 것일까? 어떤 말도 위로가 될 수 없었고 내가 할 수 있는 것은 그저 조용히 지켜보는 것뿐이었다. 나는 길고 어두운 터널에서 아이와 함께 길을 잃었다.

　　방구석에 틀어박혀서 우울한 겨울방학을 보내는 동안 언제나 눈부시게 빛나던 아이는 점점 시들어가고는 생기가 없어졌다. 웃음과 말소리가 사라지고 아픈 적막의 시간만이 존재했다. 그렇게 춥고 끝나지 않을 것 같던 겨울이 지나고 2학년 개학 첫날, 막내는 도살장에 끌려가는 소처럼 무거운 가방을 메고 힘겨운 발걸음을 옮기며 학교로 향했다. 막내는 나중에 그날을 돌이키면서 죽으러 가는 길을 걷는 기분이라고 말했다.

그날 이후 매일 집으로 돌아가고 싶다며 전화로 울먹였다. 시간이 지나면 안정되고 좀 나아질 거라고 나 자신에게 최면을 걸듯 아이를 달래며 하루하루를 견디면서도 그런 아이 모습에 매일 불안하고 힘든 시간을 보냈다. 불안은 현실의 결과로 이어지고 평소 버스와 전철 환승으로 3시간의 통학 시간도 거뜬히 혼자서 돌아오곤 했던 아이가 데리러 오라는 전화를 했다. '결국, 올 것이 왔다.'라는 생각으로 마음 준비를 하고 학교로 향하는데 내 눈과 마음에 꽉 차 있는 눈물로 얼룩진 아이의 모습 때문에 평소 학교를 오가며 느끼던 아름다운 풍광도 그날은 눈에 들어오지 않았다. 그날 막내 기숙사 방에는 다른 날보다 훨씬 많은 양의 짐이 있었고 담임교사는 아이가 자퇴를 신청했다고 했다. 겨울방학 동안 상심의 시간을 함께하면서 아이의 심정이 어떠한지 짐작하기에 담임선생님께 나는 아무런 말도 할 수가 없었다.

집으로 돌아온 뒤 막내는 학교에 가지 않았다. 난 아이에게 학교에 가라는 말을 하지 못했다. 그 상태에서 아이한테 학교는 지옥일 거란 생각이 들었다. 엄마로서 유일하게 할 수 있는 것은 아이의 생각과 판단을 기다려주는 것뿐이었다. 학교에서는 두 달의 유예기간을 두고 아이를 설득하기 위해서 친구들, 담임, 학부모들이 집으로 오기도 했지만, 누구도 만나지 않았고 통화를 거부하며 문을 잠근 방에서 두 달을 지낸 후 자퇴서를 제출했다.

우리는 서로 말없이 하루하루를 지냈다. 얼굴조차 볼 수도 없었다는 말이 맞는 것 같다. 거실에서 하염없이 막내의 방문이 열리기를 기다리던 나는 결국 극심한 스트레스로 인해 우울증세를 보였고 정신과 상담을 받기 시작했다. 갱년기로 인한 우울증인지, 자퇴로 인한 충격에서 생긴 것인지는 알 수 없었지만, 의사는 내게 스스로 변하고자 하는 의지가 없으면 치유할 수 없다며 아이와 함께 상담받기를 권했다. 아이도 심각한 상태일 수도 있고 내 치료 역시 아이와 함께해야 한다고 말했다. 하지만 아무리 두드려도 아이의 방문은 열리지 않았고 생각 끝에 서로를 위해 함께 상담을 받아 보자고 편지를 썼다. 답장하듯 드디어 문이 열렸다. 하지만 문을 열자마자 버럭 " 정신과에 가자고? 나보고 미쳤다는 거야? 나를 미친 사람 취급하는 거야? " 소리를 지르고 대답도 듣지 않고 쾅! 들어가 버린다. 우리 사이는 한 걸음 더 뒤로 멀어져 버린 것 같다.

날마다 온갖 최악의 생각과 상상이 내 머릿속을 휘젓고 다닌다. TV에서 본 적이 있는 평생 방에서 나오지 않는 청년의 이야기와 충격으로 아이 같은 어른이 되어 버린 40대 여자의 25년간 은둔생활의 이야기가 떠올라서 가능성 희박한 일에 미리 걱정 하는 것으로 하루를 보내기도 했다. 하지만 또다시 결론은 기다림뿐 이었다. 나의 기다림은 고통과 비례했다. 하루에도 몇 번씩 울화가 치밀고 식체로 인해 [부채표] 드링크를 달고 살아야 했고 머리로는 알면서도 가슴으로는 이해할 수 없는 시간을 살았다. 어떤 방법도 없이 난 절망의 절벽 위에 서 있다고 생각하며 시간이 빨리 지나가기만을 바랐다. 그러다가 고통의 시간을 보상이라도 하듯 어느 날 아이는 아무 일 없었다는 듯 4개월의 방구석 은둔생활을 마치고 문을 열었다.

끝나지 않을 것만 같은 시간을 헤치고 내게 처음 말한 것은 "엄마! 우리 치킨 시킬까?"이다. 무한 치킨 사랑을 4개월 동안 어떻게 견뎌냈을까? 생각하며 참으로 오랜만에 헛웃음이 나왔다. 아이의 치킨 첫마디가 어떤 마음이었는지 알 수는 없었으나 그 말에 긴 기다림의 시간 동안의 불안함을 내려놓고 잠시 안도할 수 있었다. "그래! 어떤 걸로 먹을까?" 다소 억양 된 목소리는 아이를 반갑게 맞아주고 있다는 표현이었다. 그렇게 2시간을 말없이 오랜만에 우리의 성대한 치킨파티가 끝나고 다시 각자의 방으로 제 갈 길 가듯 돌아가고 말 없는 생활이 시작됐다. 하지만 전처럼 문을 잠그거나 방안에만 있는 일은 없었다. 그나마 다행이라고 생각하면서도 어렵게 열린 문이 다시 닫히게 될까 봐 고질병인 조바심은 수시로 나 자신을 괴롭혔다. 문 앞에서 아이 이름을 부르고 싶고, 노크해 보고 싶은 마음에 머릿속의 생각 조각들이 나를 안절부절못하게 만들었다. 그런 내 맘을 알아주기라도 하듯 어느 날 "엄마! 사우나 갈까?" "엄마 영화 보러 갈까?" 조금씩 주문이 늘고 마주하고 함께하는 시간이 늘어나면서 우린 안정을 찾아가고 있었다. 긴 터널 끝의 시간에서 맞잡은 손은 서로의 얘기를 들어주고 말할 준비가 되어 있었다. 아이는 자신이 원하는 것을 찾는 노력을 할 것이고 엄마가 있는 그대로 자신의 모습을 바라보고 인정해주길 바랐다. 나의 간절한 기다림에 문을 열어 답해준 아이를 온 마음으로 안아주었다. 아이가 방문을 여는 시간 동안의 기다림은 나와 아이가 생각 주체의 기준을 바꾸는 계기가 되었다.

난 무언가 새로 시작하는 것을 좋아한다. 어떤 것이든 시작은 설레고 신나는 일이다. 삶이란 내가 좋아하고 잘할 수 있는 것을 한 단계씩 알아가고 찾아가는 것이라고 한다. 나 역시 내가 좋아하고 잘하는 게 무엇인지 처음부터 잘 알지 못했고 지금도 여전히 찾아가고 있다. 아이도 자신이 원하고 잘할 수 있는 일을 찾아가는 노력을 하기를 바란다. 수능시험 준비를 하고 있는 아이는 미술품 전시를 즐겨 관람하던 취미를 계기로 미술사학을 전공하고 싶은 꿈이 생겼다. 하지만 막내는 여전히 까칠하고 일상에서 언제 터질지 모르는 사춘기 불씨를 품은 채 집안 곳곳을 활보 중이다.

사춘기의 아이들은 전두엽 미완성의 상태로 어떤 어른도 사춘기와의 전쟁에서 이길 수 없기에 승산 없는 전쟁은 벌이지 말라고 한다. 매일 조바심이 생길 때마다 스스로 어루만지면서 아이가 사춘기를 무사히 지날 수 있도록 응원하고 기다려야지 마음을 다진다.

경찰관 아저씨! 엄마를 고발합니다

　　막내는 자기 주도적 성향이 강하고 다재다능한 아이로 어려서는 칭찬의 홍수 속에서 자랐다. 초등 3학년 때의 일이다. 독학으로 [인형 판매 사업계획서]를 작성하고 보여주면서 학교 근처 건물에서 운영해보겠다고 해서 가족들을 놀라게 한 적도 있다. 하지만 자기주장이 강하고 당찬 막내는 초등 저학년을 지나면서는 자신의 말에 동의하지 않거나 다소 강한 어투로 훈육하면 말대꾸를 하면서 반항하고 거짓말을 했다.

　　그때 처음으로 훈육이라는 이름의 손바닥 체벌을 했다. 아이의 표현대로이라면 일방적인 처벌이다. 부모라는 이름의 일방적인 체벌에 아이는 처음에는 반성보다는 울음으로 참아내고 반복되는 체벌에 분노를 표출

했다. 가끔 납득 할 수 없다며 체벌을 거부했고 광기 어린 고함과 아우성으로 온 동네를 들썩이게 했다. 반복되는 몇 번의 소동을 벌이고 이틀 동안 방안에서 혼자 뭔가를 하고 있었다. 내가 방문을 열 때마다 종이를 감추곤 했다.

어느 날 감추던 종이를 들고 경찰관과 함께 집으로 들어왔다. 경찰관이 말하기를 아이가 파출소 와서 엄마를 혼내 달라며 메모한 종이를 내밀었다고 한다. 이틀 동안 방에서 작성한 A4용지 3장 분량의 [부모 지침서]라는 이름의 종이에는 아이들이 이해할 수 없고, 동의하지 않는 체벌은 범죄이며 부모가 지켜야 할 것들 아이의 인격 존중, 등에 대해 쓰여 있었다.

아이는 파출소에서 본인이 부당하게 체벌을 받았고 경찰관에게 본인의 부당함을 엄마에게 말해줄 것을, 체벌 금지와 부모도 자녀에게 지켜야 할 도리가 있다는 것을 가르쳐달라고 했다고 한다. 엄마에게 직접 말해도 들으려 하지 않아서 파출소에 와서 얘기하는 것이라고. 파출소에서는 아이의 요청에 따라 혹시 발생할 수 있는 아동학대에 대한 신체 상처 여부 확인과 간단한 상담을 했다고 한다. 엄마를 파출소에 나오게 해야 한다는 말에 아이는 강력하게 거부하고 자기를 집에 데려다주고 엄마에게는 앞으로 [부모지침서] 내용을 꼭 지켜주기를 전해 달라고 했다고 한다. 아이는 엄마의 일방적인 행동이 싫은 마음에서 파출소에 왔지만, 막상 엄마가 처벌받을까 봐 걱정된다며 자신의 마음을 몰라주는 엄마가 밉지만 걱정된다며 한숨과 울음 섞인 하소연을 했다고 한다. 경찰관은 내게 체벌의 강도나 상황에 관해서 물었고 당돌한 막내의 모습에 다소 당황한 기색을 보이며 본인도 비슷한 또래의 부모이기에 부모가 어렵다는 위안의 말을 전하고 갔다.

경찰관이 돌아간 후 '아이의 눈에 비친 나는 어떤 엄마였을까?' 좀 더 너그럽고 포근하게 안아주는 엄마였더라면 오늘 같은 일은 없었을까? 생각해 보았다. 그날 이후 체벌 훈육은 사라졌다. 나는 아이가 써놓은 [부모 지침서]를 바탕으로 나도 [자녀가 지켜야 할 도리]에 대해서 만들고 서로 교환했다. 조약을 맺었다는 표현이 맞는 듯하다. [을사늑약]처럼 강제불법 체결한 것은 아니지만 그에 못지않게 우린 숙연하다 못해 처절한 마음으로 서로 말을 아꼈는데 미안함인지 서글픔인지 알 수 없는 감정으로 몸이 경직되는 듯했다. 그 일로 살면서 처음으로 경찰서에 가서 간략하지만, 조사를 받았으니 말이다. 이날의 체결로 우리는 서로의 의견을 존중하고 조정하며 각자의 역할을 잘 해내기로 약속했다.

어린 시절부터 만만치 않았던 막내는 점점 크면서 변화무쌍한 방법으로 나를 흔들어 놓곤 했다. 지금도 가끔 날카롭고 때론 무딘 칼날의 언어로 나를 찌른다. 시간이 지나도 담담함은 내 몫이 아니었다. 칼날은 무뎌지지 않는다. 아이가 쏘아대는 화살과 칼날의 언어는 그때마다 깊은 고통과 함께 상처로 남았다. 그런데도 다행스럽게 아이는 태양과 바람 충분한 물로 잘 자란 나무처럼 몸도 정신도 건강하게 잘 자라 주었다.

사춘기와 갱년기 누가 더 아플까?

　　막내의 기상 시간은 새벽 4시다. 학원 수업 시작이 9시인데도 새벽에 일어난다. 막내가 처음 학원 수강할 때 이미 편성된 반이 있어서 중간에 들어가게 되었는데 두 달의 진도를 복습하기 위해 4시에 일어난다. 막내는 승부욕이 강해서 어떤 집단에 소속되더라도 최고가 되고 싶어 한다. 그렇게 되지 못하면 좌절하고 주저앉아서 한동안 자신을 학대하고 힘든 시간을 보내기도 했다. 초등시절에 그런 성향 때문에 진학에 고민이 많았고 그런 마음으로 좀 더 자유롭고 여유로운 생활이 가능한 대안학교를 선택했었다.

　　학원에 다니면서 막내는 수면 부족으로 자주 예민한 상태가 되어 머리 아프고 피곤하다는 말을 입에 달고 짜증스러움이 몸에 밴 듯 지냈다. 안타까운 마음으로 일찍 자라는 말에 대신 공부해줄 것도 아니고, 잘 수 있는 상황도 아닌데 왜 자라고 하냐고 고함을 지른다. 이럴 땐 갑자기 벼락을 맞은 기분이다. 보청기가 필요한 노인도 들릴 만큼의 고성을 질러대고 도대체 종잡을 수 없다. '아니 너 피곤하니까 오늘 하루 좀 쉬라고….' 피곤하면 쉬라는 배려의 말도 끝나기 전에 방문이 쾅 하고 닫힌다. 시시때때로 학대를 당하는 닫혀버린 방문을 보고 있으면 머지않아 쿵 하고 주저앉을 거로 생각해본다. 일주일에 몇 번씩 우리는 전투를 한다. 예전처럼 무언의 시위와 '열려라. 참깨'는 사라졌지만, 조울증이라 착각할 정도의 감정 기복으로 날뛰고 나 또한 눈물 감성으로 갱년기의 중심에 서 있다 보니 우리 둘 부딪힘의 화력은 더욱 강력해졌다.

2년째 꾸준하게 사춘기 법칙을 시행 중인 막내딸은 모범사춘 人이 되었다. 또래 친구가 많지 않아서인지 막내라는 본연의 위치를 고수해서인지 자신이 유리한 데로 어른인 척하다가도 불리한 입장에 놓이게 되면

거기! 그곳에 답이 있었다
: 우리의 갱춘기를 지나며 127

난 아직 어리다고 궤변을 늘어놓기도 한다. 하루에도 몇 번씩 사소한 것조차 엄마 탓으로 돌리는 습관성 엄마 탓을 남발한다. 잼을 발라 먹는데 바닥에 튀는 것도 엄마 탓, 소금 대신 설탕을 넣은 것도 엄마 탓이다. 내가 초능력이라도 발휘해서 툴툴거리는 딸 골탕 먹이려고 소금을 설탕으로 둔갑이라고 시켰을까? 빵에 발라야 할 잼을 노려봐서 바닥으로 떨어트리게라도 한 걸까? 어이없다. 반격할 틈도 없이 습관성 쾅! 문을 닫아버린다. 하지만 나도 예전처럼 모든 말과 행동에 상처받지 않으려고 스스로 감정을 추스르는 법을 배우는 중이다. 그러나 감정의 내성은 쉽게 생기지 않는 것 같다. 가끔 나조차도 내 감정을 다스리기 어려울 때 부딪히면 온 집안에 맴도는 냉기로 숨쉬기가 힘들어서 화병이 생길 것만 같다.

막내는 학교생활을 거의 해보지 않아서인지 또래의 친구들이 별로 없고 콘텐츠를 통해 20~40대 다양한 연령대의 친구들과 교류한다. 가끔 주말에 인문학 모임에서 10~40대의 사람들과 격 없이 친구임을 논하던 것 때문인지 친구는 나이와 크게 상관이 없다고 여긴다. 막내는 내게도 친구 같은 엄마가 되기를 원하는데 나 역시 함께 공감할 것들에 관심을 기울여 보지만 주말이면 종일 크게 켜놓는 음악은 소음이고 이해할 수 없는 언어와 생각은 도발이고 궤변일 뿐이다. 막내도 크게 다르지 않다. 내가 하는 일이나 말에 사사건건 태클을 건다. 우린 링 위에서 싸우는 권투선수처럼 절대 지지 않으려고 자기방어 너머 상대를 경계하며 사생결단 달려든다. 아주 사소한 것까지도.

공감은 상대의 감정을 자신의 것처럼 느끼면서 공감하기 위해서는 강한 분노 뒤의 감정까지 인정하고 함께 느낄 수 있어야 한다. 하지만 막내와의 공감은 시간과 감정 훈련이 더 필요한 것 같다. 막내가 자퇴 일을 잊고 안정적인 모습을 찾아가고 나의 긴장했던 감정의 세포들이 이완되면서 나는 갱년기 증세는 최고도를 향하고 있었다. 과도한 신체적 피로감, 우울감은 혼자서 이겨내기에는 힘든 일이 되었고 몸은 죽도록 아픈데 보기엔 멀쩡하니 가족에게 이해받기 힘든 이유 모를 상실감과 외로움으로 어느새 스스로 이방인이 되어 있었다. 가끔 혼자만의 시간이 필요한 내게 송곳으로 찔러대는 막내와의 전쟁 같은 하루는 일주일을 몸살로 몸져눕기도 한다. 서로 힘들다고 주장하고 상대의 아픔보다 내 고통이 더 크다고 호소하며 우리의 평행선은 좁혀질 기미가 보이지 않았다.

가끔 막내 또래의 엄마들과 커피타임을 한다. 주로 아이들과 남편 얘기를 시작으로 열띤 대화의 장이 열린다. 자신의 자녀가 유명 강사의 과외를 받는다든가 수학 경시대회에 나간다든가 자랑과 너스레로 시작된다. 그러다가 누구 한 사람 곪은 상처를 터트리듯 가방에서 담배가 나오고 등교 거부에 오토바이를 타고 일상의 대화가 전부 욕이라며. 험담이 시작되면 누가 질세라 얼굴에 핏대를 세우며 열변을 토한다. 이렇게 아이들의 뒷담화로 해답을 얻진 못하지만, 일부 쌓인 스트레스를 날리고 집으로 돌아간다. 그래도 우리 애는 흡연은 안 하니 다행이야. 뒷담화 중 상황 하나를 강제접목 시켜서 스스로 억지 위로를 한다. 다들 마찬가지라고 한다.

사춘기와 갱년기 누가 더 아픈가? 가끔 생각한다.

사춘기와 갱년기는 둘 다 내게는 무섭고 힘든 단어로 극단적이지만 둘은 닮아있다. 심리적, 신체적 변화로 인한 벌떡증으로 자주 화내고 판단, 이해의 해독 능력이 저하된다. 아이에게 긍정적이고 좋은 영향력을 끼치는 부모가 되고 싶은데 극한 감정에서 아이와 부딪히게 되면 평소에 품고 있던 긍정적인 생각은 다 어디로 사라지는 것인지. 내 감정에 힘들어하고 신경질적일 때 난 우리 아이한테 어떤 영향을 주었을까?

엄마의 아름다운 중년을 응원해!!

나만의 시간이 많아지면서 다시 독서를 시작하고 취미 화실에 다닌다. 오래전부터 그림을 그리고 싶다는 생각은 맘속에 담은 꿈이었다. 그 방면에 재능이 있는 것은 아니지만 막연하게 해보고 싶은 것 중 하나였다. 1년이 지난 지금 몇 점의 작품을 완성했지만 새로 작품을 시작할 때마다 설레고 행복하다. 가끔 메모처럼 글도 쓰고 좋아하는 음악을 들으며 독서를 하고 화실로 외출을 나가는 내 모습을 보며 어느 날 막내가 "엄마는 아름다운 중년이야. 엄마를 응원해!"라고 한다. 아이가 말하는 내 모습에 가슴이 뻐근해졌다. 언제부터인가 우리는 서로를 보고 있었던 것 같다. 갱년기를 맞으며 사춘기를 지나는 아이와 부딪히면서 스스로 변화하는 삶을 살기 위해 노력했다. 변화는 시작하는 사람에게 기회로 돌아오고 노력하는 하루는 매일 성장이 일어나는 날이라고 한다. 나는 노력과 변화로 갱년기라는 태풍에 갇힌 엄마의 중년을 응원하는 딸의 마음을 얻었다.

사춘기와 갱년기의 모녀는 스스로 제어할 수 없는 감정으로 서로를 아프게 하는 서글픈 필연적 운명의 관계이다. 우린 서로의 두통 유발자이면서 서로의 진통제가 되기도 한다. 오늘도 우리는 큰소리로 하루의 시작을 연다. 아침 먹자는 말에 대꾸도 안 하고 시끄러운 음악 볼륨을 줄여 달라는 요청에도 막무가내이지만 피곤한 하루를 마무리하는 저녁이 되면 엄마의 품에 와서 안기고 어린아이처럼 시험점수로 칭찬받고 싶어 한다.

요즘 우리는 요란스레 아침을 열고 따스한 말과 위로를 주고받으며 저녁을 맞는다. 치유와 따스한 포옹이 더 많아질 날을 기대하며 오늘도 상처 주고 또 어루만지면서 하루를 살고 있다. 가끔은 끝나지 않을 것 같은 고통처럼 느껴질 때도 있지만 '내일은 내일의 태양이 뜬다고 하지 않던가?' 우리의 사춘기와 갱년기의 평행선은 엄마와 딸로, 여자라는 이름으로 점점 가까워지고 있다. 우리 모녀의 갱춘기는 여전히 진행 중이며 지금은 적응 중이다. 아이도 자기 길을 찾아서 열심히 달려가고 있고 난 자신을 사랑하며 사는 것이 얼마나 행복한 삶인지 체험 중이다. 아이에게도 지지받고 사랑받고 있음을 이해시키고 인정받고 싶어 하는 마음을 알아주고 혼내기보다는 판단하는 힘을 길러주며 서로 노력 중이다.

듣기만 해도 설레는 말 엄마! 무늬만 엄마였던 내가 오십이 넘어서 무늬까지 엄마가 되었고 난 엄마라서 행복하다. 돌이켜 보면 갈등과 고통의 시간 속에서도 해답은 항상 그곳, 그 순간에 있었다. 기다림. 고통 기쁨도 그 순간에 겪어야 할 답이었던 것 같다.

딸! 기억해라! 너와 내가 있는 그 순간, 그 자리에 답이 있다는 것을. 언젠가, 훗날 우리 모녀의 수많은 감정이 교차하는 갱춘기는 어떤 모습으로 기억될까?

기저귀 가방 메고 MT
: 막내동생을 사랑하는 방법

　　나는 스무 살에 결혼해서 두 아이의 엄마가 되었지만 이른 나이에 준비되지 않은 이름뿐인 무늬만 엄마였다. 친정엄마는 이런 나를 측은지심으로 거두고 내 아이들의 엄마가 돼주셨다. 하지만 고마움을 당연함으로 알던 나는 원만치 않은 가정생활을 핑계로 친정에서 베짱이처럼 편한 삶을 살았다. 아이들이 중학생이 될 무렵 교통사고로 엄마가 돌아가시기 전까지는. 엄마의 죽음의 부재로 나는 아무것도 할 줄 모르는 현실의 엄마가 되었다. 감당하기 어려운 현실과 돌아가신 엄마의 빈자리는 내가 공황 상태로 되기에 충분했다.

　　진짜 엄마가 된다는 것은 절대 만만치 않았다. 내가 체감한 엄마라는 이름은 슈퍼맨이고 어떤 상황에서도 헤쳐나갈 힘을 가진 초인적인 능력을 타고난 존재 같았다. 우리 엄마도 그러했으리라. 엄마로서의 삶이 시작되면서 엄마께 생전에 표현하지 못한 고마움과 미안함은 온전히 내 몫이 되어 가슴 깊이 새겨졌다. "엄마! 미안해.""나와 내 아이들에게 엄마가 되어줘서 정말 고마워." 나는 우리 엄마처럼 진짜 엄마가 되어야 했다. 살면서 가끔 벽에 부딪히고 막막할 때마다 부모라는 이름은 쉽게 얻어질 수 없음을, 끊임없는 노력이 필요하다는 것임을 깨닫게 된다. 그러나 부모로 산다는 것이 힘들기만 한 것은 아니었다. 원초적인, 신비하고 삶에서 부딪히는 그 어떤 감정과 관계로도 설명될 수 없는 기쁨이 있었다.

막내딸에게는 16, 17살 차이의 언니와 오빠가 있다. 큰딸은 막내가 태어났을 때 일하는 엄마를 대신해서 집안일과 아기를 돌보느라 진학을 포기할 만큼 막냇동생 사랑이 특별했다. 20살 딸은 뜻하지 않게 엄마 역할을 해야 했다. 내가 20살이었을 때 난 지금 큰딸의 엄마가 되었고 20살이 된 나의 큰딸은 동생의 엄마 노릇을 하게 되었다. 큰딸에게는 항상 미안함과 고마운 마음이다. 언젠가 어린 동생의 엄마 노릇을 하던 큰딸이 "엄마! 동생을 나의 딸로 키워도 될까?"라고 말한 적이 있는데 엄마 노릇을 하다 보니 정이 들었나 보다. 막내가 두 돌이 지날 무렵 큰딸은 보육교사 되기 위해 공부를 시작했는데 2박 3일 MT에 기저귀 가방을 챙겨서 데리고 간 적이 있다. 하루도 아이와 떨어질 수 없다며 막냇동생을 딸로 키우고 싶다고 말하는 나의 큰딸은 어린 나이에 동생에게서 모성애를 몸과 마음으로 먼저 알아버린 것 같았다. 항상 가슴 한구석 아픈 통증은 두 딸을 향한 나의 미안함 때문일 것이다.

서른이 훌쩍 넘은 큰딸은 지금도 막냇동생 사랑이 여전하다. 가끔 막내가 억지를 부리거나 궤변을 늘어놓을 때는 '그때 막내를 네 딸로 줄 걸 그랬다'라는 말에 큰딸은 '그렇게 하지 그랬어? 하하!' 추억소환 하면서 그때의 마음을 돌아보며 웃기도 한다. 막내의 탄생은 우리 가족의 사랑을 단단하게 해주는 행복의 원천이 되었다. 막내가 다섯 살이 됐을 때 우리 집은 다시 경제적으로 풍요로워졌고 그때가 되어서야 막내딸의 엄마라는 이름으로 진짜 엄마 노릇을 하게 되었다.

　부모와 자녀는 서로를 이해하고 존중하는 삶으로 관계를 만들어 가는 것이라고 한다. 시간의 흐름 속에서 변하지만 변하지 않는 것 영원한 우리들, 부모와 자녀의 모습이다. 헌신적인 사랑으로 엄마와 동생을 보듬어 주었던 큰딸은 자신이 원하는 일을 찾아서 살고 있다. 나의 천사 큰딸! 고맙고, 사랑한다.

에필로그

　　일상에서 순간순간 하고 싶은 말이나 생각나는 것을 메모하는 습관이 있었다. 짧은 메모가 길어지면서 글이 되고 글을 쓰기 시작했다. 글을 쓸 때마다 내 안에 있는 아픔과 기쁨 설움을 오열하듯 뿜어낸다. 다 쏟아내면 원래의 모습으로 회복하는 것 같다. 세 아이의 엄마로 살면서 언젠가 나와 아이들의 이야기를 써보고 싶다고 생각했다. 지금의 내 나이에 친정엄마가 세상을 떠났을 때 엄마가 그리울 때 꺼내 볼 수 있는 물건이 있으면 좋겠다고 생각을 했다. 내 아이들이 나처럼 엄마가 그리울 때 볼 수 있는 책을 만들고 싶다.

　　엄마! 라는 말은 언제 들어도 가슴이 뻐근하고 먹먹

하다. 때론 그리움으로 아쉬움과 아픔으로 모두의 가슴 속에 영원한 그 이름은 삶에서 무한긍정의 힘을 발휘한 다. 언제나 힘겹고 어디서나 위대한 우리들의 엄마! 나 도 그런 엄마가 되고 싶다.

66

사춘기와 갱년기의 모녀는 스스로 제어할 수 없는 감정으로
서로를 아프게 하는 서글픈 필연적 운명의 관계이다.
우린 서로의 두통 유발자이면서 서로의 진통제가 되기도 한다.

장성임

 돈의 노예가 아닌 진짜 나의 삶을 살고 싶어 30년 직장생활을 정리
했다. 온전한 내 삶에 발을 딛는 순간 25년간 사랑으로 우리 가족의
뒷바라지를 해주셨던 나의 시어머니 아니 시엄마의 이야기를 글로
쓰고 싶었다. 현재는 픽스타, 셔터스톡에서 스톡 사진작가로 활동 중
이다.

엄마 없는   하
           늘
           아
           래

프롤로그

속풀이 토크쇼를 보면 패널들이 나와서 시어머니를 흉을 보며 웃는다. 나는 덩달아 웃지 못하고 고개를 갸우뚱했다. 내게는 친정엄마 같은 시엄마가 있다. 사람들은 말도 안 된다고 말한다. 나 역시도 시집살이라고 생각했던 적이 있었지만, 그녀의 빈자리에 앉아서 생각해보니 이 세상 엄마들은 다 똑같은 엄마였다. 겨우 앞머리에 '시'와 '친'이라는 수식어가 붙었다고 다르지 않았음을 너무 늦게 깨달았다. 혈연으로 맺어지지 않아도 가족의 온기를 줄 수 있다는 것을 말하고 싶다. 가족은 혈연이 아니라 서로에게 마음을 내어주면 되는 것을 35년생 순자 씨 덕분에 배웠다.

빈자리

"삐~~~~뚜.뚜.삐~~~~뚜.뚜."

심박수를 알리는 기계는 멈추었다 돌기를 반복하며 이틀째를 맞이하고 있다. 군대에 있는 아들과 지방에 있는 가족들까지 모두 다녀갔지만, 순자 씨는 한 가닥 실을 붙잡고 힘겹게 견디고 있었다. 수간호사의 말에 의하면 이런 경우 하루를 못 넘긴다 했다. 요양병원 수간호사 생활 17년째 동안 처음이라며 가족 중에 아직 못 본 사람이 있는 것 같다고 말했다. 순자 씨가 사랑하는 가족들은 모두 다녀갔는데 도대체 무엇을 잡고 계신 걸까?

1년 전 등이 결리고 아프다며 순자 씨는 정형외과에

서 물리치료를 자주 받았는데 효과가 없었다. 자주 체하고 가슴이 답답하며 당뇨 수치가 급격히 올라갔다. 평소 건강하게 살고 싶다며 운동을 게을리하지 않으셨기 때문에 일시적인 것으로 생각했다. 간혹 내과적 질병으로 인해 근골격계가 아플 때도 있으므로 내과 진료를 모시고 갔다. 공교롭게도 담당 의사는 췌장암 전문의였는데, 그는 개인적인 소견으로 볼 때 높은 확률로 췌장암을 의심하며 대학병원에 가보라고 했다. 대학병원에 췌장암 검사를 위해 2박 3일을 입원해서 단지 검사만 했을 뿐인데 퇴원할 때는 누가 봐도 환자가 되어 있었다. 성한 젊은이도 병원에 입원하면 환자가 된다는데 할머니는 오죽하겠는가.

퇴원 후 1주일이 지나 검사 결과는 보호자인 자식들에게만 알려줬다. 예상대로 췌장암이었다. 우리는 순자 씨에게 차마 말할 수가 없었다. 며칠이 지났지만 아무도 병명을 말해주지 않았다. 하지만 순자 씨는 이미 직감하고 있었다. 몇 년 전 뉴스에서 김 할머니 이야기를 보고 순자 씨는 이런 말을 했었다.

"혹시 내가 많이 아프더라도 살리겠다고 콧줄, 주삿줄 주렁주렁 매달지 말아라."

그 뜻은 지금도 변함이 없었다. 그리고 순자 씨는 어차피 부질없다며 방사선 및 모든 치료를 거부했다. 차라리 그 돈으로 하고 싶은 것, 먹고 싶은 것 실컷 하겠다며 오직 진통제에만 의지하며 지냈다.

그렇게 1년이 지나, 요양병원에서 치료에 의한 줄이 한 개도 없는 상태에서 산소통에 연결된 콧줄에만 의존하고 있었다. 몹시 힘들어 보였다. 숨소리조차 들리지 않아 보였지만, 미미하게 한 번씩 들숨을 쉬었다. 가족들은 의논 끝에 집에 모시기로 했다. 병원에서 산소 줄을 착용한 채 구급차로 모셔주었다. 환자를 집으로 모셨으니 병원의 장비들은 모두 거둬 가야 했다. 병원 관계자는 산소통에 산소량이 얼마 남지 않았고 지금 호흡기를 떼면 바로 운명하실 거라며 회수하지 않았다. 그리고 산소통은 나중에 병원으로 보내 달라며 돌아갔다.

가족과 남편의 친구들은 거실에 모여 있었고, 나는

어찌할 바를 몰라 그저 언니를 도와서 순자 씨의 이부자리를 살피고, 새 옷을 갈아입혀 드렸다. 정신없이 시간은 지나 저녁때가 되었다. 서둘러 밥을 지어 저녁을 먹고, 식사가 끝난 후 설거지를 마쳤다. 순자 씨를 살피는데 아직도 가늘게 숨을 쉬고 있었다. 평소처럼 식사를 마쳤으니 커피포트에 물을 끓여 찻잔에 붓는다. 커피믹스의 구수한 냄새에 살짝 긴장이 풀렸다. 오늘 밤은 무척 길어질 것 같다. 차를 마시고 찻잔을 모두 치울 무렵 밖은 깊은 밤이었다.

산소통의 계기 바늘은 0을 가리키고 있었다. 혹여 자식들 저녁 먹이고, 커피 마실 시간을 마련해 주시려고 힘겹게 견디는 건 아닐까? 가족들은 마음을 다잡고 순자 씨의 주변에 둘러앉았는데 그 순간 그녀는 아주 천천히 힘겹게 우리들의 얼굴을 둘러보더니 곧 숨을 멈추었다. 그 모습은 마치 살아생전 편안히 잠들고 있을 때의 모습과 같아서 내일 아침이면 아무 일도 없다는 듯이 출근길에 아침 먹고 가라고 하실 것만 같았다.

나는 순자 씨의 가는 길에 손을 잡고 이렇게 말했었다.

"어머니, 살림하는 손맛을 제게 유산으로 물려주세요"

나는 김치를 담글 줄 모른다. 월동준비 김장도 언니가 해서 보내주었기 때문에 직접 해 본 적이 없다. 당장 떨어진 김치를 담가야 한다. 순자 씨가 김치를 담글 때 옆에서 도왔던 기억을 더듬어 김치를 담가봤다. 지금은 맛없어도 익으면 맛있으려니 생각했는데 군내가 나서 못 먹을 듯하다. 김치를 몇 번 사서 먹었다. 이런 나를 보면 순자 씨가 야단치겠다고 생각하니 그녀의 표정, 눈빛, 말투까지 생생하게 떠올라 저절로 피식 웃음이 난다. 겨울이 되어 김장하기로 마음을 먹었다. 어깨너머 배운 기억으로 시장에서 장을 보면서 물어물어 준비 했다. 물론 절임 배추를 구매했지만, 첫 김장이었는데 제법 성공적이다. 스스로 정말 대견스럽다. 한번은 거실 바닥에 앉아 총각김치를 다듬다가 일어서는데 허리를 삐끗했다. 벌려 놓은 것은 어떻게든 마무리해야 하기에 그 길로 병원에 달려가 허리에 주사를 맞았다. 무슨 주사인지 병원에 들어갈 때는 허리가 아파 꾸부정했는데 나설 때는 꼿꼿

하게 세우고 나왔다. 아직 50세도 안 됐는데 무슨 대단한 일을 했다고 유난인지 김치 열 번 담그면 허리 부러지겠다는 소리를 들을 뻔했다. 순자 씨가 허리 아플 때마다 뼈주사라는 것을 맞곤 했는데 심정을 알 것 같다. 순자 씨의 냉장고에는 항상 각종 김치가 가득했는데 그때가 그립다. 정말 존경스럽다.

순자 씨는 매일 청소와 빨래를 했지만, 나는 자주 하지 않아 거실에는 가끔 머리카락이 굴러다닌다. 정말이지 내가 봐도 집안이 엉망일 때가 많다. 순자 씨가 보면 난리가 나겠다 싶어 주섬주섬 정리해 본다. 어떨 때는 꿈에 등장해서 호통을 칠 때도 있다. 순자 씨가 보고 싶을 때면 집안을 엉망으로 만들어 놓으면 된다. 여지없이 나타나 "집안 꼴이 이게 뭐냐!"며 호통을 치고 가신다. 그 꿈은 어찌나 생생한지 나도 모르게 벌떡 일어나 거실에 뛰쳐나가곤 한다. 어쩌면 내 맘 깊은 곳에 그녀가 살아있는 것 같다.

순자 씨는 계절마다 그때그때 장만해야 하는 것들을 준비한다. 봄이면 햇마늘을 까서 믹서기에 곱게 갈아

냉동실에 보관하여 1년 내내 먹는다. 그때는 마늘 까는 일이 손이 아리고 힘들었는데 모든 요리에 들어가는 마늘을 그렇게 준비하면 재료가 떨어지는 일도 없고 무척 효율적이다. 계절에 맞게 먹어야 하는 김치도 종류가 참 많다. 5월에는 오이소박이가 맛있고, 오이지를 담갔다가 여름내 꺼내 먹는다. 입맛 없을 때 노랗게 익은 오이지를 썰어 찬물에 우려 동치미처럼 먹어도 맛있고, 빨갛게 양념을 해서 먹어도 짭조름한 것이 땀을 많이 흘리는 계절에 염분 보충이 되고 좋다.

겨울이면 순자 씨는 꽃밭 한편에 시금치를 심었는데, 추운 겨울을 이겨내고 나온 시금치는 달고 맛있었다. 시금치는 익혀서 나물로 무쳐 먹는 채소인 줄만 알았는데, 생으로 먹어도 된다 해서 과일과 함께 샐러드를 만들어 먹은 적도 있다. 우리 아이들은 달달한 겨울 시금치를 좋아한다.

가을이면 파란 고추의 구멍을 내어 소금물에 담가 삭힌다. 노랗게 삭힌 고추를 꺼내 잘게 다진 다음 양념장을 만들어 구운 김 위에 흰밥을 얹고 고추 양념장을 얹어 먹으면 그 맛이 기가 막혀 밥도둑이 따로 없다.

순자 씨가 떠난 후 나의 냉장고에는 자주 마늘과 김치가 떨어졌고, 오이지를 한 번도 담가 먹은 적이 없다. 그녀의 김치맛은 노력해도 흉내 낼 수가 없다. 그녀는 항상 너는 직장에서 일하니 내가 일할 수 있을 때까지 살림을 맡아주겠노라고 말했었다. 나에게 효도한답시고 아무것도 하지 말라는 것은 뒷방 늙은이 취급하는 것이라며, 내가 그나마 너희를 도울 수 있고, 내가 할 수 있는 일이 있어서 살아있는 기분이 든다고 늘 말씀하셨다. 당연한 것이 당연하지 않은 것처럼 내가 순자 씨를 만나지 않았다면 느낄 수 없을 사소한 것들을 나는 그동안 당연하게 누렸던 것 같다.

퇴근 후 불 꺼진 빈집은 익숙지 않았다. 곳곳에 베어져 있던 그녀의 흔적이 빠져나간 집은 한동안 텅 빈 것처럼 허전했다. 퇴근하고 오면 저녁 먹자며 나를 반겨주었던, 지금은 온기 없는 부엌에서 순자 씨를 떠올려본다.

입으로 티브이 보는 중

인생은 60부터라는데 시작하는 나이에 홀로된 순자 씨. 그 후로 혼자 방에서 멍하니 있을 때가 많았다. 아무래도 순자 씨에게 혼자 우두커니 있는 시간을 만들어 주면 안 될 것 같다. 그때부터였나보다. 나는 드라마를 보면서 말하고 싶어서 입이 근질거리는 병이 생겼다.

20대에 나는 티브이 프로를 시청할 때 과몰입하기에 옆에서 누가 얘기하면 집중이 안 돼서 짜증이 났었다. 하지만, 요즘의 나는 티브이 프로를 보면 큰소리로 웃고, 드라마에 이입된 감정을 입으로 쏟아낸다. 순자 씨가 잠들 때까지 끊임없이 조잘댄다. 드라마를 볼 때 의도치 않게 나의 수다는 스포일러가 되어 "너는 아는 것도 많아서 좋겠다."라며 순자 씨가 짜증을 내기도 한다.

지금 생각해보면 눈치도 없지. 나는 순자 씨의 의견은 아랑곳하지 않고 리모컨을 이리저리 돌렸다. 순자 씨는 나의 수다와 함께 내가 시청하는 모든 프로그램을 보셨다. 어느 날 순자 씨의 방에서 티브이 소리가 들렸는데 가요무대의 옛날 가요가 흘러나오고 있었다. 순간 내가 방송을 시청할 때 너무 배려하지 않았나 하는 후회가 밀려왔다. 그도 그럴 것이 때는 내 나이 30세였으니 신라의 달밤이 귀에 들어올 리가 없지.

　　순자 씨는 함께 할 수 있다면 무엇을 시청하던지 상관없던 것 같다. 생각해보면 휴일에 가족이 모여 있어도 대화하는 시간은 거의 없는 것 같다. 티브이는 와글와글 떠들고, 분주하게 가족들은 움직이지만 오가는 대화는 별로 없다. 공익광고에서 가족과 식사할 때는 티브이를 끄고, 함께 있을 때는 휴대폰을 내려놓고 대화의 시간을 갖자는 영상을 본 적이 있다. 현대 사회는 핵가족을 만들었지만, 티브이와 휴대폰은 가족 간의 묵언수행을 만들었다.

　　성인이 된 애들과 함께 티브이를 시청할 때였다. 나

도 모르게 수다가 시작되었고, 아이들은 엄마랑 티브이 보면 시끄러워서 집중이 안 된다며 방으로 들어가 버렸다. 그럴 때마다 '아는 것이 많아서 좋겠다.'라고 말하던 순자 씨가 그리워진다.

그녀가 세상을 떠난 후에도 티브이를 보며 말하는 버릇은 계속되었고, 지금도 티브이를 보며 혼잣말하는 나를 발견하곤 한다.

출근만 지각 있는 게 아냐 퇴근도 지각 있어

나는 육아와 살림을 온전히 순자 씨의 도움을 받았다. 순자 씨가 아니었다면 맞벌이를 못 했을 것이다. 언제부터 이렇게 되었는지 외벌이만으로 살아가기 힘든 세상이 되어 버렸다. 삶이 팍팍하다 보니 주변에는 아이 없이 둘만 잘살자는 사람들도 속출하기 시작했다. 이런 세상을 순자 씨는 이해할 리가 없지.

직장을 다니다 보면 갑작스러운 회식을 할 때가 생긴다. 하지만, 나는 일찍 퇴근해서 저녁을 해야 하고 아이들을 돌봐야 했다. 직장인들은 회식도 업무에 일부라고 하지만, 순자 씨는 그렇게 생각하지 않는다. 살림을 온전히 맡기고 있는 처지라서 미안한 맘도 있고, 눈치도 보여서 미리 잡힌 회식만 아주 가끔 참석할 수 있었다. 온전하게 맘 편히 참여할 수 있는 회식 자리는 유일하게 연중행사인 송년 회식뿐이었다.

어느 날 학교 후배를 만났다. 그녀는 큰 딸인데, 결혼하여 두 아이의 엄마가 되었고, 친정 부모님을 모시고 산다고 했다. 오랜만에 연락이 되어 저녁을 먹기로 했고, 거리를 고려하여 서로의 집 중간 지점에서 만나기로 했다. 그런데 만나자마자 9시에 가야 한다고 했다. 아니 퇴근해서 7시가 넘어서 만났는데 9시에 가야 한다고? 약속을 미리 말씀드렸지만 소용없다고 했다. 그녀의 엄마도 육아와 살림을 맡아 하시는데, 퇴근이 조금만 늦어도 전화가 빗발친다고 한다. 근처에 사는 동생네 아이도 돌봐주시는데 동생은 친구를 만나고 밤늦게 와서 아이를 데려가도 아무 말 안 한다는 것이다. 심지어 후배에게 동생 배고프니 밥상 차려주라고 하신단다. 나도 직장 다니는 딸인데 서운하다고 푸념을 늘어놓는다. 듣다 보니 시엄마랑 사는 줄 알았다.

"너, 친정엄마랑 사는 것 맞니?"

"언니, 나 주워온 딸인가 봐. 하하"

워킹맘들은 퇴근 후 귀가 때도 지각하면 안 되는 걸까? 후배의 친정살이 이야기를 들으면서 친정살이가 시집살이보다 더 힘들겠다고 생각했다.

젊은 자식들은 우리만 생각하고 불편함이 생기면 부모님을 원망기도 한다. 마치 자신들만 배려하며 사는 것처럼, 하지만 부모님은 더 많은 것을 포기하며 배려하고 있다는 것을 잊으면 안 된다. 물론 나도 나만 생각하느라 순자 씨의 배려를 미처 헤아리지 못했었다. 바보같이 그때는 왜 몰랐을까.

하마터면 부산 갈뻔했다

직장이 인천에서 용인으로 이전했다. 운전면허가 없던 나는 이전하기 전에 급하게 운전면허증을 취득했다. 회사가 용인 시내에 있는 것이 아니고 외곽이라 시내로 나가는 버스가 30분에 한 번씩 온다. 출근은 직원과 카풀을 하지만 정시에 퇴근하는 직원이 없다면 꼼짝없이 회사에 발이 묶이게 된다. 그래서 차를 사기로 결정했다. 남편의 도움 없이 스스로 차를 장만하려니 여의치 않아 10년 된 중고차를 50만 원에 샀다.

회사가 이전하기 전에는 집에서 도보 30분 거리지만 고속도로로 출퇴근할 때를 대비해서 미리 운전 연습을 했다. 거북이처럼 느릿느릿 달려 도보 시간과 별 차이 없이 회사에 도착했다. 남성 운전자들로부터 솥뚜껑

운전하라는 소리를 안 들으려고 무던히도 노력했지만, 시내 도로에서 시속 40km를 넘기기가 무서웠다. 회사는 9시에 출근해서 6시에 퇴근하는데 한여름의 낮은 길었기 때문에 한 번도 자동차 라이트를 켜 본 적이 없었다. 장맛비가 오던 어느 날, 먹구름과 장대비로 낮도 밤처럼 어두웠다. 라이트 켜는 방법을 몰라서 헤매다가 겨우 불을 켜고 환희에 차 기뻐할 무렵 내 차는 이미 집 앞에 도착해 있었다.

내가 운전에 익숙해질 무렵 회사는 용인으로 이전했다. 그러나 고속도로를 달려보지 않았던 나는 시속 80km에도 빠른 속도를 체감하며 벌벌 떨었다. 출퇴근하는데 5시간 넘게 길에서 허비했다. 그 무렵 집에서는 잠만 자고 다시 나왔던 것 같다. 용인으로 출퇴근한 지 1주일이 지날 무렵에야 나는 100km로 달릴 수 있었다. 운전에 자신감이 붙을 무렵 영동고속도로를 달리는데 차량 앞 본네트에서 흰 연기가 모락모락 나기 시작했다. 차를 세우고 본네트를 열어본들 내가 뭘 알겠는가. 카센터에 갔더니 차가 너무 노후화되어 그런 것 같다며 명확

한 문제점을 찾지 못했다. 가족들과 저녁을 먹으며 자동차 상태를 이야기하자 순자 씨는 눈이 휘둥그레지며 몹시 걱정했다. 차가 너무 오래되어 그런 것이냐, 갑자기 도로에서 사고라도 나면 어쩌냐며 요즘 자동찻값이 얼마나 되느냐고 물어보셨다.

"경차 얼마나 하니? 얼마면 돼?"

가을동화 원빈이다! 순자 씨의 말투에 웃음이 났지만, 혹여 사고라도 날까 그늘진 표정으로 노심초사 걱정하시는 모습에 마음이 든든했다. 나를 무척 걱정하고 계시는구나. 그런데 무슨 돈으로 사주시겠다는 거지? 순자 씨는 한두 푼 모았던 용돈을 자동차 사는 계약금으로 내어주셨다. 목돈을 지출해서 가벼워진 통장의 무게는 순자 씨의 어깨도 처지게 했다. 자식이 위험할까 기꺼이 내어주셨지만, 텅 빈 통장의 무게만큼이나 무력감은 어쩔 수 없으셨나 보다. 늙을수록 자식에게 대접받으려면 재산을 내어주지 말고 쥐고 있어야 한다는 말이 있다. 그녀의 자존감과 힘의 원천인 통장을 기꺼이 내어주셨으니 매우 감사하기도 하지만, 한편으론 미안하기도 했다. 그것도 잠시 철딱서니 없는 난 생애 첫 새 차를 가지게 되어 매우 기뻤다. 그때의 기분은 남편이 쓰던 휴대폰만 물려 쓰다가 새 휴대폰을 샀을 때 기쁨보다 몇 배나 더 좋았다. 며칠 후 퇴근하고 돌아왔을 때 집 앞에 청 사과색 경차가 영롱한 연두색을 번뜩이며 나를 기다리고 있었다. 심장이 두근거리고 너무 좋아서 날아갈 것 같다. 와, 내 차다! 그날 저녁 우리 가족은 작은 차에 모두 탑승하여 동네 한 바퀴 달리는 시승식을 했다. 차창에 들어오는 바람은 어느 때 보다 상쾌했다.

이튿날 아침 새 차를 타고 출근하는 날이다. 순자 씨는 평일인 오늘 저녁에 김치를 담그자고 일찍 오라고 당부한다. 주말에 내가 쉴 때 하시지 왜 평일인 오늘 저녁에 김치를 담그시겠다고 하시는지 모르겠다. 내가 퇴근하는데 고속도로에서 2시간씩 허비한다는 사실을 잊으신 것 같다. 어쨌든 새 차를 타고 달릴 생각을 하니 오늘 밤에 김치 담가야 한다는 불만은 금세 사라져버렸다. 경차를 타고 그랜저의 기분을 느끼며 룰루랄라 출근을 했다. 순자 씨의 선물은 직원들의 부러움을 사기에 충분했다. 금반지를 끼면 자랑하고 싶어서 없던 두통도 생긴다고 하더라. 오늘따라 퇴근길이 평소보다 더 차가 막히는데 모든 차들이 다 내 차를 바라보는 것 같은 말도 안 되는 망상을 하며 창밖으로 팔도 슬쩍 걸쳐본다.

갈림길에서 차가 안 막히는 길이 있어 아무런 생각 없이 진입했는데 모르는 지역 표지판이 나온다. 매일 출퇴근하는 길이라 눈 감고도 다니겠구먼, 중간에 빠져야 하는 길을 계속 직진했다. 서울 금천구까지 가버렸다. 한 번도 가본 적이 없는 동네다. 이름만 들어본 것 같은 금천구는 도대체 어디지? 내 나이 서른에 집으로 가는 길을 잃어버려서 매우 당황스러웠다. 설상가상 이 차는 내 비게이션이 없다. 그 와중에 김치를 절였는데 언제 도착하느냐며 순자 씨에게 전화가 왔다. 순간 뇌가 정지된 것 같았다. 길을 잃었다고 말하면 그 누가 믿겠는가 말이다. 일단 차가 너무 막힌다고 했지만, 이 도로는 유턴할 수 없는 길이다. 어디로 가야 할지 모르겠다. 지금 심정은 김치 백 포기 해도 좋다. 빨리 집에 가고 싶다. 남편에게 전화해서 설명을 들었지만, 길치인 나는 알아들을

리가 없다. 우여곡절 끝에 서울에서 벗어나 부천 즈음 지나갈 때 고속도로로 가면 빨리 갈 것 같아 진입했다. 급한 마음에 방향을 안 보고 고속도로에 들어섰던 것이 큰 실수였다. 다시 서울을 향해 달리고 있지 않은가. 인천을 가야 하는데 다시 서울로 가고 있다니 기가 막힌 노릇이다. 순자 씨의 전화는 10분 간격으로 오기 시작했고, 나는 울고 싶었다. 어느 정도 시간이 지나니 전화벨을 울리지 않았다. 아마도 김치를 다 담그신 모양이다.

서울을 돌고 돌아 11시쯤에야 집에 도착했다. 부엌에는 김치통이 차곡차곡 쌓여 있었고 순자 씨는 몹시 지쳐 보였다. 초보운전자인 나도 초행길에서 5시간을 헤매었으니 심신이 만진 창이었다. 일부러 늦은 것은 아니지만 누가 봐도 그렇게 보이는 상황이었다. 집에 돌아오니 긴장이 풀려 몹시 배가 고팠다. 순자 씨가 담근 김치 겉절이에 허기진 배를 채우며 퇴근길에 생긴 기막힌 상황을 설명하고 나서야 순자 씨의 표정은 누그러졌다. 자꾸 전화하면 조급해서 사고가 날까 봐 안 했다고 하셨다. 나는 그런 것도 모르고 김치를 다 담그셨기 때문에 전화를 안 하셨을 것으로 생각했던 것이 부끄러웠다. 혼자 많은 김치를 담그시느라 얼마나 힘드셨을까 죄송스러웠다. 새 옷 입은 어린애처럼 좋아서 매일 다니는 길도 헤맸던 내가 정말 바보 같았다.

순자 씨는 내게 그래도 무사히 돌아왔으니 됐다며 "경차 사줬게 망정이지, 중형차 사줬으면 부산 갈뻔했다." 라고 우스갯말을 하셨다. 이 사건은 다음 날 저녁까지 식탁에서 화두가 되었다.

꽃놀이

"어디 가는데?"

어느 봄날 휴일 아침 순자 씨가 누군가와 통화를 한다. 어디를 가시려나? 나는 통화의 내용이 궁금했지만, 그냥 지나치고 말았다. 하루, 이틀 평범한 날들이 지났다. 그 통화내용을 묵인하면 안 되었다. 무슨 일인지 물어보지 않았음을 엄청나게 후회하는 날이 왔다. 늙으신 엄마들이 즐길 거리가 무엇이 있겠는가. 봄이면 꽃놀이, 가을이면 단풍놀이가 최고인 것을 내가 늙어봤어야 알지.

생각해보니 순자 씨가 이유 없이 예민하고 퉁명할 때가 있는데 그때가 친구들이 여행 갈 때였던 것 같다.

친한 친구들은 모두 자식들과 독립해서 같은 동네에 모여 살며 매일 마실 다니신다. 친구들은 매일 만나는 데 비해 그들과 다른 지역에 사는 순자 씨는 주 1회 주말에만 지하철을 두 번이나 갈아타야 만날 수 있었다. 어쩌다 한번씩 여행을 가는데 손주들이 어리다 보니 평일 여행은 포기하시는가 보다. 그날의 통화도 그랬던 것이었다.

엄마들의 단골 멘트 '생각해볼게' '나중에'라는 말은 거절과 같다. 긍정으로 둔갑한 부정이기 때문에 절대 나중에 뭘 하지 않는다. 그냥 거절할 수 없는 겸손의 표현일 뿐이다. 어떤 부모는 하고 싶은 것이 생기면 자식들 사정은 아랑곳없이 해달라고 조른다던데, 순자 씨는 한 번도 그런 적이 없다. 여행간다고 말씀하시면 내가 휴가라도 내어 애들을 돌보면 되는데 뭘 생각해 보겠다는 것인지. 어쩌면 우리는 서로 배려하느라 스스로 힘들게 하고 있지 않나 싶다. 애들이 중학교에 들어가면서 순자 씨는 자유롭게 여행을 다닐 수 있었고, 좋은 곳을 추천하기도 했다.

"여기 갔더니 정말 좋더라, 너희들도 나중에 한번 가봐라."

이렇게 좋아하시는 순자 씨를 보면서 인생은 미루면 안 되겠다는 생각이 들었다.

은행잎 떨어질 무렵

　　남자의 계절이라는 가을이 왔다. 요즘은 가을이 일
주일도 안 되지만, 그때는 제법 한 달에 가까운 가을을
만끽할 수 있을 때였다. 내가 학창 시절에는 가로수가
플라타너스여서 여름이면 송충이가 많았던 기억이 난
다. 가을이면 메마른 나뭇잎이 떨어져 밟을 때마다 쿠키
부서지는 소리가 바스락바스락 나서 일부러 밟고 다니
기도 했었다. 언제부터였는지 은행나무 가로수로 바뀌
었다. 가을이면 온통 세상이 샛노랗게 변했고, 은행잎이
떨어지면 노란 길거리가 이뻤다. 사람들은 이런 가을 풍
경에 마음이 센치해지지만, 그렇지 않은 사람은 청소부
아저씨가 아닌가 싶다.

사춘기 시절에는 낙엽을 주워 시집에 꽂아 납작하게 마른 잎에 시를 써서 코팅하여 선물하기도 했었지. 요즘 청소년들도 그럴까? 어른이 되면서 이쁜 풍경을 보면 더 멋진 풍경을 찾아 여행 가고 싶어진다. 남녀노소 할 것 없이 마음이 동요되지 않을까 싶다. 비가 오면 동동주와 파전이 생각나듯이 가을엔 커피를 더 찾게 되는 것 같다.

순자 씨와 함께 외출할 때였다. 자동차 앞 유리창에 노란 은행잎이 똑 떨어졌다. 미끄러지는 은행잎을 보며 문득 "어머니도 가을에 나뭇잎이 떨어지면 마음이 설레나요?" 라는 나의 질문에 순자 씨도 가을 풍경을 보면 설레기도 하고, 슬프기도 하다고 말했다. 아마 이런 마음을 두고 계절 탄다고 하나 보다. 순자 씨는 그럴 때 아무것도 안 하고 늘 마시는 공기처럼 그냥 그러려니 하며 보냈다고 했다. 25년을 사는 동안 순자 씨는 한 번도 표현한 적이 없기 때문에 나이가 들면 감성도 무뎌지는 줄 알았다. 나는 점점 감성이 예민해지고 마음은 아직도 사춘기 같다. 어쩌면 80세를 바라보는 순자 씨도 나이는 숫자에 불과하며 나이에 맞게 살아야 한다는 관념 때문에 청춘의 마음을 감추고 사는 건 아닐까 하는 생각이 든다. 내 나이 되어 보라는 뜻은 나이 들어 얼마나 힘든지를 간음하라는 뜻이 아니고, 나이는 숫자에 불과하다는 것을 알려주는 말이 아닐까?

은행나무는 노란색으로 감성을 자극지만, 열매도 만들어 준다. 거리를 노랗게 물들기도 하지만 열매로 온통 구린내를 풍기기도한다. 지금은 법으로 금지되어 떨어진 은행을 줍지 못하지만, 예전에는 가을이면 떨어진 은행을 줍는 사람들이 많았다. 순자 씨도 길가에 떨어진 은행을 누가 밟을세라 한 봉지 주워서 고무통에 담는다. 썩으면 구린내 나는 열매를 왜 주워오셨을까 싶었다. 수일이 지나 은행 열매가 썩을 무렵 고무장갑을 끼고 냄새를 무릅쓰고 속에 있는 씨앗을 골라내셨다. 그리고 깨끗이 씻어 햇볕에 말렸다. 반질반질하고 딱딱한 껍질을 덮고 있는 열매는 매끈한 것이 신선해 보였다. 은행 한 줌을 빈 우유갑에 담아서 전자레인지에 돌리니 단단한 겉껍질이 쩍 벌어지며 선명한 연두색의 열매가 고개를 내밀었다. 순자 씨는 몸에 좋다며 매일 저녁 이렇게 은행 열매를 우리에게 먹였다. 마치 제비가 새끼에게 먹이를 주듯이.

1박 2일

췌장암 치료를 거부하고 마약 성분이 있는 진통제에 의존하며 하루하루 견디고 있었다.

그녀는 일요일마다 방송하는 버라이어티 예능 1박 2일 애청자였다. 그날은 방송을 보다가 갑자기 배낭 메고 1박 2일 여행을 가자고 하셨다. 친구들과 여행 가면 효도 관광이라 여행지를 조용히 만끽할 수 없고 유적지에 가서 역사를 되뇌고 싶어도 사진만 찍고 와자지껄 떠들고 다녀서 그녀가 원하는 여행을 즐길 수 없다고 했다. 젊은이들이 흔히 말하는 감성 여행을 가고 싶으셨나 보다. 그렇지만 딸과도 안 가본 1박 여행을 시어머니께서 가자고 하신다. 고부간 단둘이 배낭여행이라니 심리적으로 조금 부담스러웠다. 이건 영화관람 하는 것과는 또 다른 의미다. 그때는 사는 게 바빠 좋아하는 여행도 못 할 때라 늙으신 어머니를 모시고 어디를 가야 할지, 어디서 묵어야 할지 계획은커녕 걱정부터 앞섰던 것 같다. 여행은 보통 엄마와 딸이 주로 다니지 않나? 조심스레 시누와 함께 여행을 가시면 어떨지 권유 해 보았다. 그때 순자 씨는 이날 평생을 딸과 함께 여행한 적이 없다고 말했다. 그도 그럴 것이 예전에는 모두 먹고살기에 바빠 요즘처럼 여가를 즐기는 사람들이 거의 없었으니 이해는 갔다.

사람들은 마음이 잘 맞고 편한 사람과 여행을 가고 싶어 한다. 순자 씨가 문득 여행을 가고 싶은데 함께 가고 싶은 사람이 나였다니 생각도 못 했다. 시누이는 장사를 시작하게 되어 여행을 갈 수 없었고, 순자 씨의 1박 2일 여행계획은 흐지부지 끝났다. 여행 그까짓게 뭐가 어렵다고 회피했을까. 일하자는 것도 아니고, 김치를 담그자는 것도 아니고, 고작 여행 가자는 것인데, 왜 마다 했을까.

나는 친구들을 인도하며 여행을 가기도 하지만, 혼자 갈 여행에 친구가 동행하기도 한다. 친구를 모델 삼아 인물촬영 연습을 하기도 한다. 여행지에서 이쁘게 찍은 사진을 보고 좋아하는 친구들 표정을 보면 나도 기분이 좋다. 그런데 순자 씨와 단둘이 한 번도 여행을 가본 적이 없다. 그것이 두고두고 얼마나 후회되는지 모른다. 이제는 운전도 능숙하고, 스마트폰 앱이 발달해서 엉뚱한 곳으로 빠져 길을 잃지 않을 것이며, AI가 추천하는 여행지와 맛집을 맘껏 누빌 수 있다. 지금이라면 순자 씨와 동행해도 멋진 여행을 할 수 있을 것이다.

여행의 시작은 역시 공항이지. 비행기가 땅을 박차고 하늘로 오르는 순간 울렁이는 기분은 설렘일 거야. 내가 사랑하는 제주도를 구석구석 다니면서 순자 씨가 꿈꾸던 감성 여행을 할 거야.

바다가 보이는 호텔에서 둘만의 아침을 맞이할 거야.

이쁜 카페에서 둘이 앉아 순자 씨가 좋아하는 커피를 마시며 즐길 거야. 탁자엔 따스한 햇볕이 비출 거야. 그때 카페 사장님은 흐뭇하게 웃으며 "딸과 함께 오셨나 봐요" 이러겠지? 그러면 나는 순자 씨의 얼굴을 보고 웃으며 "네~"라고 대답할 거야.

순자 씨가 늘 그랬던 것처럼.

그때 무마했던 여행이 후회되어 그녀가 떠난 후로 나는 1박 2일을 시청하지 않는다. 그리워질까 봐.

에필로그

　순자 씨와 가끔 영화관을 갔었다. 영화에 집중하며 관람하고, 외식하자고 먼저 권유를 하시며 순간을 만끽하셨다. 한번은 마당놀이 심청전을 모시고 갔었다. 공연이 끝나고 무대로 올라 김성녀 배우의 목을 끌어안고 매우 행복해하는 모습을 아직도 잊을 수 없다. 함께했던 추억여행이 하나라도 있었다면 더 행복했을 것이다. 1박 2일 프로그램은 한동안 안 보이다 1년 전 방송 재개됐지만, 여전히 나는 시청하지 않는다.

　친정엄마와도 살다 보면 딸에게 계모 같다는 말을 들을 정도로 사이가 나빠지기도 한다. 친정살이라는 신조어가 나올 만큼 시집살이보다 더하다는 말이 있다. 늘 함께 있으니 편할 수도 있지만 불편할 수도 있는 관계가 고부 사이라고 생각한다. 순자 씨와 살면서 순간순간 이 것이 시집살이인가? 라고 생각했던 적이 있었다. 세월 이 지난 지금은 이상하게도 무엇 때문에 그런 생각을 하게 되었는지 전혀 기억나지 않는다. 지금, 내 머릿속에는 좋았던 추억만 꽃처럼 피어나고 있다. 지나고 보니 순자 씨는 시어머니가 아니었던 것 같다. 그냥 나이가 들면 친정엄마나 시엄마나 늙었어서 힘든 감정을 표현했을 뿐이고, 나이가 들면 다 똑같아지기 마련이었다. 결국 시 엄마든 친정엄마든 다 같은 엄마다. 나의 순자 씨는 시 엄마의 수식어를 뗀 엄마였을 것이다. 그녀는 나를 막내 딸처럼 보았지만 나는 부끄럽게도 시엄마로 보고 있었 다. 시누이는 나에게 이런 말을 했었다.

> "나는 엄마한테 살아생전 잘해 주고,
> 돌아가실 때 안 울 거야.
> 돌아가신 후에 울며불며 매달리면 뭐 해.
> 돌이킬 수 없는 것을"

이 말이 가슴에 사무친다.

"

나는 엄마한테 살아생전 잘해 주고,
돌아가실 때 안 울 거야.
돌아가신 후에 울며불며 매달리면 뭐 해.
돌이킬 수 없는 것을.

에필로그

박희진

마흔이 되기 전에 내려놓고 싶었습니다.

딸 아이를 통해 투영되어 보이는 나와 엄마의 기억들로 빠르게 돌아가는 시간을 잠시 내려놓아 봅니다. 생전 위로 한 마디 할 줄 몰랐던 내가 엄마를 애도하는 글을 써내려가며 엄마의 따뜻했던 온기를 기억하려합니다. 철들지 못한 마흔이지만 그래도 불혹을 즐기기에 충분한 온기입니다.

따스했던 엄마의 기억으로, 엄마가 그렇게 살아낸 것처럼 나도 내일을 살아갑니다.

조혜진

"제 꿈은 언젠가 제 책을 내는 거예요."

수년 전 나는 내 책을 내고 싶다는 꿈을 꾼 적이 있다. 사실 책을 낸다는 건 너무 먼 이야기여서 버킷리스트나 늙기 전에 언젠가 할 수 있을 일 정도로 생각하고 있었다. 하지만 우연한 기회가 내게도 선물같이 찾아왔다. 나는 이 선물 같은 기회를 놓치지 않은 내 선택에 매우 감사하다. 글을 쓴다는 건 내 인생이야기를 누군가에게 전하는 것과 같다. 아무개인 나의 이야기를 재미있게 읽어 줄까? 하는 두려움이 있었지만 솔직함이 두려움을 이겨낼 수 있게 해 주었다.

또한 좋은 작가님들과 에디터님 덕분에 글을 쓰는 내내 즐겁고 괴롭고 치열했다. 우리는 서로에게 첫 독자였으며 마음을 다독여주는 전우였다. 함께 했기에 책을 쓸 수 있었고, 더욱 솔직한 글을 쓸 수 있었다. 서로의 글을 나누며 즐거웠던 시간에 감사함을 전한다.

강수린

막연하게 바라던 꿈을 현실이 될 수 있도록 이끌어 준 것이 바로 이번 책 쓰기이다. 전공도 아니고 전문지식도 없는 내가 용기를 내서 글쓰기를 하고 책 쓰기를 했다. 글은 쓸수록 어렵지만, 그만큼의 행복과 뿌듯함으로 보상되었고 스스로 대견하다고 나를 안아 주고 싶다. 함께 했던 4인방, 짧은 시간이지만 때론 수다처럼 동료 같은 마음으로 좋았습니다.

장성임

언젠가는 나의 특별한 시어머니 이야기를 글로 쓰고 싶었습니다. 글쓰기란 블로그에 끄적이는 것이 고작이었던 부족한 저에게 출간의 기회를 주신 김한솔 작가님께 감사합니다. 숨겼던 속내를 꺼내어 집필하면서 서로의 글을 읽고 마치 내 일처럼 코끝이 찡했다가 웃다가 또 용기를 주고 위로했던 네 분의 작가님들과 함께해서 즐거웠습니다. 이 책을 하늘에 계신 이 강임 여사님께 바칩니다.

엄마, 나는 오늘도 삽니다

초판 1쇄 발행 2021년 3월 4일

지은이	박희진 • 조혜진 • 강수린 • 장성임
발행처	키효북스
펴낸이	김한솔이
디자인	김효섭
주 소	인천시 부평구 부평대로 165번길 26, 1층 출판스튜디오 쓰는하루(21364)
이메일	two_hs@naver.com
블로그	https://blog.naver.com/two_hs
인스타그램	@writing_day_

ISBN 979-11-91477-00-9